デュラスを読み直す

内村瑠美子
Uchimura Rumiko

青弓社

デュラスを読み直す　目次

装画――スタシス・エイドリゲヴィチウス
装丁――斉藤よしのぶ

まえがき――痛いひと

「なぜ作家について書くのだろう。彼らの本だけで十分なはずなのに」

マルグリット・デュラスはこう言い放った。ところがデュラス自身は、自分が創作した本と映像だけでは十分でないかのように、自作について、また自分の人生について、機会あるごとに精力的に語りに語っている。新聞・雑誌のインタビューや公開討論、そして対談・対話。その数はおびただしい。これほどまでに自作について語っている作家は、ほかにいないのではないか。そのおかげで、私たち読者にとって、デュラスは謎が少ない作家だといえるだろう。しかし、それでもなぜ、ひとは書くと決意し、その結果、作家になるのだろうかという疑問を、冒頭の一言は突き付けてくる。デュラスは十代で、「書く」と決意したという。

このような作家の根源にかかわる大きな問題に取り組むのは、一読者の身にはあまりに荷がかちすぎるが、少なくとも、デュラスに関していえば、少女時代に植民地で被った精神的・肉体的な痛みが彼女を書くことに向かわせたということだけは確かだろう。それほど彼女の実生活は波乱に富んでいて、そこから生まれた作品の数々は文学界に衝撃を与え、思想的にも私たちを挑発し続けている。デュラスが好きか、と問われれば、読んでいるときにも映画を観ているときにも、ふっと悲しみが吐き気のように襲ってくることがある、としか答えようがない。初めて彼女の作品に接した三十年以上前もいまも、それは変わらない。

デュラスを知ったのは本が先だったか映像が先だったか、記憶は定かでない。いずれにしても、映画『インディア・ソング』(1)の日本公開は一九八五年と記録されているので、やはり本から入っていったのだろう。だがその前に、デュラスの作品を映画化した『モデラート・カンタービレ』(2)と、彼女が台本・台詞を書いた『二十四時間の情事』(3)『かくも長き不在』(4)は観ている。『二十四時間の情事』には、文字どおりこれは何だと呆然とした。それまで観てきた映画とはまったく異質の映画がそこにあったのである。デュラス自身が撮ったものではないのに、これはデュラス自身の映画を予告するものだと、後になって納得する作品だった。

一九六〇年代は、映画の世界ではヌーヴェル・ヴァーグが押し寄せ、政治的には、六八年のいわゆる「五月革命」が学生や労働者、文化人を巻き込んで大きなうねりとなった時代である。デュラスは当然、この両方のなかに身を置き、理不尽と断じた事柄には断固怒りをも

って立ち向かった。間違いなく『太平洋の防波堤(5)』の母親から受け継いだ怒りの血筋だった
だろう。

第1章

デュラス素描

「なにもしないでいられる力があれば、私はなにもしないであろう」

小説、戯曲、映画と精力的に創作活動をおこなったマルグリット・デュラス（一九一四―九六）は、なぜ映画を撮るのか、という質問にこう答えている。奇を衒《てら》った言葉とも誤解されかねないが、デュラスは卒直であり、真面目である。そしてこの答えは映画製作の場合に限られるわけではない。人間の「なにもしないでいられる能力」を高く評価することは、人間と世界の関係を問い直しつつある新しい文学の課題に結び付くのである。

デュラス自身は、《新しい小説》（ヌーボー・ロマン）の作家と呼ばれることにも、《新しい小説》と《伝統的小説》との境界に位置する作家と呼ばれることにも無頓着だが、彼女の世界観＝文学観と《新しい小説》の理論とは重なり合うところが少なくない。「世界は意味もなければ不条理でもない。そこに《ある》だけである」という認識は、たとえばジャン＝ポール・サルトルの『嘔吐』がすでに証明してみせたことであり、目新しいことではないが、激変する世界を前にして、文学も新しい探索を強いられることになった。

《意味》（心理的・社会的・機能的）の世界の代りに、もっと堅固で、もっと直接的な世界を構築しようと努めねばならないだろう。ものや動作はまず第一に、その現前性によってこそ訴えかけるべきであり、さらにその後も、感傷的、社会学的、フロイド的、形而上学的その他、なんらかの参照体系のうちにそれらを閉じこめようと試みる、いっさいの説明的理論をのり越えて、この現前性が支配しつづけるべきなのである。(1)

ヌーボー・ロマンの理論派アラン・ロブ＝グリエは、新しさはかく目指されるべきであると述べている。(2)

既成の図式、出来合いの観念に従って生み出される作品、あるいは作者の解釈にそそのかされて行動する作中人物、さらに拡大していえば、人間による世界の「意味づけ」――これこそ伝統的文学の使命としてきたところである――に破産宣告をした作家、異議申し立てをする作家のひとりである点で、デュラスもまた《新しい小説》の作家なのである。

もはや世界は、人間が足下に屈伏させるべき対象ではない。人間もまた、ものたちと同じレベルで存在していることを事実として受け入れなければならない。「なにもしないでいられる能力」とは、世界をこのようなものとして完璧に受容できる認識をいうのではないか。デュラスが、いっさいの既成の価値観を拒否する自分の息子も含むヒッピーたちに共感と感嘆を示すのも、同じ考え方に基づいている。

ここで、インドを舞台にした『ラホールの副領事』[3]に登場する、大使夫人アンヌ＝マリ・ストレッテルが思い浮かぶ。彼女は《人間的な》愛や希望なしで生きようとし、インドの大地に同化しようとしているように見える。そしてデュラスは、彼女は「苦悩」であると定義している。

「曖昧な状況、紛糾した状況、出口なしの状況」を書くことこそが文学である、とデュラスはいう。小説のエクリチュールは、現実を敷き写しにしたり、情報を伝達することを目的とするものではない。書くこと、エクリチュール自体が新しい現実を形成する、すなわち、世界と人間を創出するのである。こうした認識に立つならば、アンヌ＝マリ・ストレッテルもまた、出口がない状況のなかで自らを生成しつつある人間、すなわち苦悩となる。したがって、彼女がどういう性格の女であるか、どんな歴史を背負っているか、どこへ向かおうとしているかといったことは、デュラスの関心の埒外にある。

デュラスが描く状況は、別の言い方をすれば、田中倫郎氏が着目した「境界状態」でもあるだろう。

試練的変化儀礼（アルフレド・フォン・ヘネップによる）には三つの段階がある。「分離」（デュラスにおいては、ひとつの世界観に異議申し立てをしたことだろう）の次の段階である「境界状態」では、過去と未来の属性はいっさい存在しない。そこでは、人間は社会的文化的な「仮死」の状態に置かれるという。そして次にくる状態が「再統合」である。(4)

デュラスの作品に、「再統合」は決しておとずれない。伝統的小説では物語が展開を始めるというところ、展開への期待を抱かせるところで、作中人物も読者も放り出されることになる。だからといって、デュラス自身も彼らが向かうところを知っているわけではない。そのようなことが可能であると仮定しての話だが、向かうべき方向が見えたと思ったら、デュラスは書くのをやめたかもしれない。

デュラスを変貌の激しい作家とみる見方があるが、むしろ、より過激になってきているというほうが当たっているのではないか。そこにあるのは、広がりの変化ではなく、深さの変化である。一九五五年の『辻公園』(5)、五八年の『モデラート・カンタービレ』(6)から、六九年の『破壊しに、と彼女は言う』(7)、七一年の『愛』(8)へと、文体はますます切り詰められたものになっている。もっとも、後者二編はシナリオなのか物語なのか、読者としては戸惑うところであるが（事実どちらもデュラスは映画化している）、本として差し出されている以上、文学作品として受け取ることにしたい。文体については、デュラス文学の最も重要な鍵なので、稿を改めて考える必要がある。ただ、彼女が変貌を遂げているのではなく、より過激になってきていることの証しは、文体にも見いだすことができるのではないか。そしてこの過激さの根底にあるのは、現実に対して深まる絶望かもしれない。

デュラスは七年間、共産党員として働き、おそらく一九四〇年代初頭に除名されたようだ。政治は自分にとって不可避であり、「死ぬまで政治化されてしまった」と語るデュラスは、アルジェリア戦争に立ち上がらなかった人々を非難し、また六八年の五月革命の際には、「作家学生行動委員会」（以下、行動委員会と略記）に名を連ねただけでなく、モーリス・ブランショ、前夫ディオニス・マスコロらとともに会の中心的存在だった。この行動委員会は、やはり同時期にフランス文芸家協会を占拠して「作家同盟」を作ったミシェル・ビュトールやナタリー・サロートたちへのアンチ・テーゼだった。この点は、デュラス個人を知るうえでも興味深いものがある。作家同盟が作家としての自己を問い直そうとしたのに対して、行動委員会は一気に自らを「人民」として位置づけたからだ。五月革命そのものがアナーキーな性格をもっていたが、この行動委員会も固定された組織になることを忌避し、各人は無名であるべきだとして、自己の内部に非人称性を獲得しようとした。メンバーのひとり、ブランショの「革命的行為はあらゆる点で文学の体現する行為に酷似する」[9]の一行が思い出される。

デュラス自身は自作について、「限られた社会的な身分に直接かかわるもろもろの心理的事実から、私の人物たちが解放されているかぎりにおいて、私の本は左翼的な本だと思う」

と語っている。たしかにそのとおりだろう。しかし一方、『ドダン夫人』[10]における門番ドダン夫人の住人に対する猛烈な闘争心、『辻公園』の若い女中の脱出への期待、『モデラート・カンタービレ』で、アンヌがその酒好きゆえに上流階級の顰蹙を買うさまなどの描写には、現実社会の断面がおのずと浮き彫りにされている。社会的階級というものがデュラスの作品のなかでどのように扱われているかという問題は、デュラスをよりよく読むにあたって無視できないテーマのひとつになりうるのではないか。

ところでいまさら断るまでもなく、デュラスは女流作家である。自分を女流作家だと思うかとの問いに、「すこしもそうは意識していない」と答えているが、このような愚問にはこのような答えしか返ってこないのは仕方がない。それはともかく、デュラスの作品が「出口なしの状況」の緊張感を最後のページまで維持しながら描かれているにもかかわらず、なお不思議な伸びやかさを感じさせるのは、デュラス自身が意識するしないにかかわらず、女性であるからかもしれない。興味深いことに、デュラス自身も、「十全に書けるのは女性と狂人だけである[11]」と、あえて男性を排除している。もっとも、この場合の女性と狂人は狭い意味で捉えたものではなく、いわば女性性、狂人性とでも解釈するべきだろうが。

これも綿密に検討すべきことだが、デュラスの文体における空白、あるいは沈黙の重みは重要である。面白いことに、デュラスとグザヴィエール・ゴーティエは、「沈黙を聞かせること」ができるのは女だけであって、男はたとえば「言いよどみ」にさえ、あまりに早急で論理的な断を下すという点で意見が一致している。

デュラスの作品に伸びやかさ、人肌の温かさを感じる読者は多いと思うが、しかしこれをすぐに女流特有の生理に結び付ける安易さには警戒しなければならない。たとえば、同じ女流作家であり、《新しい小説》の中心的作家でもあるサロートの作風と比べてみると、女性という項でくる無意味さが明らかになる。女性であるデュラスにではなく、デュラスその人への接近こそが、より豊かな空間を開示するだろうことはいうまでもない。そういう意味で、短篇『ボワ』[12]は印象的な作品である。

老嬢と、若鶏を丸ごと飲み込むボワとの対比が十三歳の少女に教えたのは、肉体を人生に「役立てる」ことであり、肉体を人生に投げかけることだった。このとき予感されるのは、「うむをいわさぬものの世界、宿命的な世界、宿命とみなされた《種》の世界があって、（この）世界は光にあふれ、焼けつくような、歌声と叫び声にみちた、困難な美の領する未来の世界」である。

認識においてはペシミストと思われるデュラスだが、作品から感じられるしなやかさは、このような世界への渇望にも似た信頼感からきているのかもしれない。

特に出典を表記していないデュラスの言葉は、一九五八年にマドレーヌ・シャプサルのインタビューに答えたものである。

第2章

『モデラート・カンタービレ』

『モデラート・カンタービレ』は、作品の構成そのものが主題を浮き彫りにしているという特徴をもつ小説である。そのために、端正すぎるという印象はたしかに拭いきれない。そこには、ピーター・ブルックによって映画化された映像の印象も重なっているのかもしれない。それでもデュラスの意識的・無意識的計算を超えて、美しく悲痛な魂の声が聞こえてくる。

どの文章も、登場人物のごく小さな身振りも、また一語一語の単語も輪郭が鮮明で、読む者の視線を逃れて瑣末な描写に堕したり、それによって物語の背景へと後退してしまうことはない。すなわちすべてが等価であり、読むという行為にまるで初めて覚えるような喜びをもたらしさえする。すべての描写が等価である作品空間を可能にした要因は、もちろん文体にもあるが、先に述べたように、作品の構成の仕方も大きくあずかっているだろう。

伝統的小説では、登場人物たちの世界に読者が入り込み、彼らと共犯関係を結ぶことによってはじめて、ともにストーリーを生きることができるし、そうすることによって、物語の現実味が確立される。『モデラート・カンタービレ』には、いわばその参加できる空間がないのだ。読む者は、アンヌ・デバレードとショーヴァンが形成する空間を、ページのこちら側にとどまったままうかがっているだけ、観察しているだけの立場に置かれる。これは、ともに経験できる物語——言い換えればひとつの事件——がすでに終わっているところからこの物語が始まっていることに大いに関係がある。すなわち、伝統的手法の小説では主役となるはずの男と女は、この小説の始まりとともに退場し、私たちの目の前には、このすでに過去のものとなった男女の世界に完全に気をとられて立ちすくむひとりの女がいるだけである。彼女は「見られている」ことにはまったく気づかないが「見られている」ことを無視しているわけではない。無視は積極的な行為のひとつだが、彼女は事件に魅了されていて、いわば事件に強奪された状態にある。私たちは彼女を見ているのだが、彼女はそれを知らない。

小さな港町の、労働者が仕事あけに一杯ひっかけて帰るカフェで、ひとりの女が男に殺された。というよりも、男に殺された女と、女を殺した男がいたというほうがより正確かもしれない。これは格好の三面記事になるだろうが、多くの人々にとっては、たとえば軒下で野良猫が仔を生んでいたり、ある朝、港に見かけない船を発見するような、ごく日常的な出来事よりも少しだけ「気味の悪い」事件にすぎない。他人の事件はあくまでも自分が関知しない出来事であって、何も起こらなかったようなものだし、そういう意味では今後も何も起こらないだろう。これが、カフェの女主人や客たちの現実である。またたとえ好奇心をそそられたとしても、「女のほうには夫がいたんですよ」「子どもが三人あって、大酒飲みだったんですって」といった形で終始するものであるかぎり、私たちの日常のごたごたの域を突破することはない。

ところが長く尾をひく甲高い叫び声と、撃たれて横たわる女を添い寝するように抱きしめている撃った男の姿に、アンヌは自分のかつて知らなかった愛を予感する。「かわいそうな女だな」と誰かが言うと、「どうしてですの?」とアンヌは尋ねずにはいられないのである。町一番の金持ちである工場主の妻が発した「どうしてですの?」から、読者には彼女がすでにあるものに向かって動きだしていることがわかる。

愛のもつれが根底にある殺人はデュラスの作品で形を変えながら、ひとつの重要なテーマとして多く描かれている(もっとも一九八〇年代に入ると、デュラスは「愛について語るのはもう好きじゃない、興味がない」というようになるが)。愛の正体は誰にもわからない。そもそも愛の正体を見極めようとする試みは、初めからばかげているようにも思われる。無論、日常生活に「愛」は氾濫しているが、しかし誰もが自分の取り憑かれている「愛」が愛の手前で難破するのを見てきたし、愛は到達不可能な彼岸として想像されるだけである。だからひとは愛のただなかで苦しむのではなく、愛の欠如、もしくは愛との距離に焦燥するのだといえるかもしれない。愛は文学の永遠のテーマだが、デュラスの新しさをいうならば、この欠如=空白そのものが物語の空間を形成していることであり、愛の出来事が終わったところから物語が始まるという構成が語っていることでもある。

殺人現場を目撃したそのとき、アンヌはひとつの世界から「分離」した。ブルジョアの人妻として平和に退屈に生きてきた日常世界からの分離である。日常世界の対極に、殺されることを望み、鋭くエロチックな叫び声をあげて殺された女と、情念の頂点で女を殺したと想像される男との世界がある。そしていま、アンヌはこのふたつの世界の境界で放心しているのである。何かに完全に気をとられている状態は意識や認識を放置するものであり、人間のより望ましい状態であるとデュラスは考えているようだ。これは個人に訪れる変革のときであり、少なくとも女性には、その人生で革命にも似た転換のときが訪れる場合があることを、デュラスは自ら「性的事件」と名付ける体験から語っている。『モデラート・カンタービレ』は彼女自身のこの事件後の第一作であり、それ以前の多くの作品について、デュラスは「自分では書いた覚えのない」ものであるとまで告白している。意識や認識の部分でどれほどの変革が図られようとも、それはなにものをも根源からは変えられないという彼女の実感を語っているように思われる。

このように、存在自体を強奪された形でアンヌが歩き始めるのは愛に向かってであり、彼女はあの男女に追いつこうとする。ここでは、「愛とは革命に似て、不断の生成である」（「ル・モンド」一九六七年三月七日付のインタビューに答えて）というデュラスの言葉も思い出される。

事件があった翌日から十日あまり、アンヌはカフェに夢遊病者のように通い続け、そこでショーヴァンに尋ね続ける。

「二人のそもそもの馴れそめを聞かして欲しいわ」

「こんどはあの二人がどうやってお互いに口もきかないようになったか聞かしてちょうだい[1]」

ショーヴァンも、この事件について何も知らないことではアンヌと同じである。

「ぼくは何も知りませんよ。たぶん、夜かなんかに……[2]」

ふたりはこうして、あの事件を再構成していく。もちろん真実はどこにも見いだされないし、あくまでもふたりは自分の内部を手探りしているだけである。ところが、ショーヴァンの役割は実は重層的で、彼の「何か話してください」「急いで話してください。何か考えだして」「もっと話してください。どんなことでもかまわないから」といった言葉が、全編にわたっていやでも注意を引く。つまり、ショーヴァンはアンヌと「同じ理由」でカフェに通い続けると同時にアンヌを挑発しているのだ。

彼に促されてアンヌが語ることといえば、生活の断片にすぎない。広大な邸宅の光に満ちた人けのない大廊下であり、子どものことであり、モクレンの白い花であり、庭である。ところが、伝統的小説では埋め草として利用されるだけのこうした話題が物語の全体を占めながら、事件についての会話と絡み合って進行しているところに、読む者は不思議な緊張感を覚える。アンヌ自身は最後まで自分の状態を意識していないが――デュラスは実に周到にアンヌから意識を遠ざけている――、そこではアンヌの自己からの「分離」が進行している。その剝離によって生じる痛みで、彼女は呻きを漏らしさえする。デュラスはのちに『破壊しに、と彼女は言う』を書いたが、ここで起こりつつあるのも、何よりもまず破壊だといえるだろう。自宅でのパーティーで、彼女はブルジョアを象徴するような料理を一口も味わえなかったし、飲みすぎたアルコールも吐きつくした。

ショーヴァンとアンヌの関係はもうひとつの側面をもつ。ふたりが愛の事件の真相を探る会話を重ねてきたことは、アンヌにとって生命の生誕にたどりつくための苦しみに満ちた試煉となっただけでなく、あの愛を自分たちで生き直すことでもあった。カフェの女主人や客たちの側から見ると、すでにこのふたりはひとつのスキャンダルである。しかし、作品空間としてふたりが形成している場は、先にも述べたように愛の事件が去ったあとの空洞であって、そこでは愛を模倣する儀式が可能なだけである。

「もう一分」「そうしたらぼくたちもああなれるかもしれない」

「あなたは死んだ方がよかったんだ」「もう死んでるわ(3)」

アンヌと、彼女がカフェで出会った失業者ショーヴァンは、今後恋人同士になるのだろうか。それとも、アンヌは自分が一体化したいと願ったあの殺された女についに到達できないまま、女の死とは別の次元の死に閉ざされて、ブルジョアの家庭に帰っていくのだろうか。この物語を読み終えたとき、多くの読者が「何も結論を出さない手法」(モーリス・ナドーの評言)にひっかかったような気分に陥り、何もわからないまま放り出されたと感じるかもしれない。伝統的小説のような、大団円へと導く逸話が行間をびっしりと埋めつくしている世界に慣れている私たち読者にとってそれはきわめて自然な反応かもしれないが、私たちはひっかけられたわけではない。いうまでもなく、小説の手法は作家の思想を担っていて、内容と切り離せないものである。したがって、結論は示されなかったのではなく、デュラスは結論が出ない人間のドラマを、あるいはまたドラマが生まれえない現代の状況を描いたのであって、彼女の目は、「出口なしの、混沌とした状況」に据えられていたのだ。そしてこの状況こそを私たちが生きているのだとすれば、結論がある逸話の世界、何らかの主張がなされる物語の世界はもはや不可能だし、無力でもある。デュラスの作品を読むと、「マラード（病気）になる」（ゴーティエの評言）ゆえんである。

第3章

『夏の夜の十時半』
――新しい声の誕生

西日はふたたび隠れてしまった。あらたな雷雨の気配がととのっていく。

午後のうちに大洋で準備された青黒いかたまりが、町の上空をゆっくり進んでくる。それは東の方からやってくる。その威嚇的な色を見わけられるだけの明るさがちょうど残されている。彼らは相変らずバルコニーの端にいるはずだ。大通りのつきる、あのあたりに。なんてきみの眼は青いんだろう、とピエールが言う、今度は空のせいだね。(1)


水たまりで幼い娘が土地の子どもたちに交じって遊んでいる姿を目で追いながら、アルコール依存気味らしいマリアは、スペインの葡萄酒マンザニャを飲んでいる。そして隣り合った常連客と、この田舎《いなか》町で先刻起こった殺人事件のこと、嵐のためにホテルがごったがえしていることを話している。空がまた雷雨の気配になったとき、「ピエールは言う」のである。彼はマリアとは別のところ、マリアの女友達クレールと一緒に「バルコニーの端にいるにちがいない」にもかかわらず……。マリアには夫ピエールの声が届くはずはないのだ。

三人称のなかに突然二人称が割り込むこのような文体に、私たちはあまり慣れていない。ましてー編の物語のなかで初めて出くわしたら、これは作者の何らかのたくらみだろうかと、それ相応の心構えをする。ところが読み進むにしたがって、この手法は物語の展開のうえでの何かの伏線などではなく、書き手本人が右往左往しているのではないかと思えてくる。書き手はもちろん、デュラスである。

そもそもストーリーが、デュラスの作品のなかで初めてのサスペンス風である。夫婦と娘、そして夫婦の女友達は、ゴヤの二枚の絵を見ることを目的に、スペインへ夏のバカンスに車で出発した。だが小さな村を通過中に、突然の大嵐で村は停電。緊急避難的に飛び込んだホテルは、廊下まで客があふれる雑踏ぶり。その村ではたったいま、若い妻とその愛人を殺害した夫が屋根に逃げているという。マリアは、その殺人者ロドリゲスを自分の車で逃走させるのだ。警察の捜索をくぐり抜け、物音に耳をすませ、建物の陰から陰をたどりながら車を操り、ついに麦畑に彼をひそませるまでのサスペンス。その緊張の時間のなかで、夫と友人クレールはせき止められていた欲望を満たしていたかもしれない。しかし、ホテルの密室のふたりを誰が視覚化できるのか。作中では、ピエールとクレールの密室には誰も入れない。とすると、密室の情景はマリアの想像であり、妄想なのかもしれない。ただし作者のデュラスなら、この密室に入り込める。そうであるならば、マリアとデュラスの視点は同じなのだろうか。同じではないだろう。ときにはマリアの妄想、幻想、ときには作家の実景への介入という形をとっているのが、この作品の特徴なのではないか。

イタリア北部の風景描写、四歳の娘が無邪気にホテルの庭で遊ぶ姿、車のなかやホテルでのなんということのない人々の会話、ホテルの一室でピエールとクレールがやっともてる情事の時間。ロドリゲス救出劇——この作品はデュラスの他の作品に比べて、盛り込まれている情景が多様である。また文章においては、あるときは二人称が唐突に、あるときはマリアの視線が刺し通すように現れ、また、その時点での主語が誰なのかわかりにくい場面もある。それがこの『夏の夜の十時半』の特徴である。読者は、この視線は誰のものなのか、主語は誰なのかに戸惑うが、そのうちに肩の力が抜けて、「主語の揺れ」を楽しめるようになる。そして、これは映画の手法によく似ていると思い至る。

映画では、ストーリーの展開に沿って、「その場面の主要登場人物」すなわちカメラを独占する人物はAだったりBだったりする。その映像を要求するのは監督なのだから、映画でも小説でも、すべては作家の手のうちにあるのだ。

デュラスは小説としての『夏の夜』を書きながら、物語を映像としても目に焼き付けていったにちがいない。小説中の人物も映像のなかの人物もすべては私、デュラスの手のなかにある。後年、デュラスが「この第三者というのがエクリチュール——文章、文体、書くということ——なのだ」と言った「この第三者」とは、作家のことである。

ハンドルにかけたかれの両手は、しなやかで、長く、浅黒く、ひときわしなやかできれいだ。クレールは、その手をいつまでも眺めている。(2)

ここには、男の手とそれをじっと見ている女とを同時に眺めているもうひとつの視線があり、それはマリアの目である。夏の夜の嵐のせいで、たぶんまだ欲望をせき止められたままでいるクレールが、マリアの夫ピエールの手を求めてそれを視つめているのをマリアは見ている。夫の手と女友達の視線にマリアが何らかの行為でそれ以上介入していくことはない。この態度は物語の最後まで一貫して変わらない。

「これから独特の柔軟性を帯びる手」は、クレールがその手を視つめ、それをさらにマリアの視線が捉えていることによって、官能性をいや増していく。

その手は、今夜にも女友達に伸びるだろう――マリアはそう思っている。マリアの疑いあるいは想像が、この小説を官能の靄で覆っているのだ。クレールは官能そのものであるので、かえって官能性を読者には伝えられず、第三者であるマリアの視線があってはじめて、クレールの官能が読者に伝わってくる。

この小説には、マリアがひとりで「立ち回る」場面がある。彼らが嵐のために足止めされたスペインのその田舎町では、姦通をした妻とその情夫を撃ち殺した男が豪雨のなかに潜んでいた。マリアはこの男に強い関心を抱き、ついには警戒網を突破し、彼を車で郊外まで連れ出すことに成功する。アルコール依存気味の女としては、目ざましすぎる行動力だ。夫婦関係に影がさしている女が、情念による殺人があったと知ってそれに引き付けられる。男女の愛憎がらみの殺人に他人事とは思えないような関心を示す人妻という設定は、この小説よりも二年前に発表された『モデラート・カンタービレ』（一九五八年）の人妻像に共通するものがある。痴情のもつれによる殺人、という事情も似ている。しかし、事件に巡り会った人妻ふたりを操る作家の手は異なる。

ロドリゲス・パエストラ救出に乗り出したマリアのイメージが、彼を畑に逃がした後から奇妙にぼやけ始めるのはなぜなのだろう。それはたぶん、『モデラート』のアンヌ・デバレードよりもマリアのほうが、他人の情念の追体験など不可能であることがわかっているからだろう。デュラスの関心もその方向へと移り始めていたのではないか。マリアはロドリゲス・パエストラ救出という、一か八かの博打をうつつもりだったかもしれないが、ロドリゲス・パエストラをフランスに連れ去ったところで結局は何も救うことにならない、と最初から感じていたのかもしれない。

翌日、畑のなかで自殺体となった男を発見しても、マリアがどう反応したか作者は書いていないので、読者にもわからない。彼らは嵐が去った翌朝、ゴヤの絵を見にいっただけである。この後、マドリッドへの途上の休憩所でマリアによみがえる感覚の鋭敏さは、マリア自身だけでなく、ピエールとクレールをも再びいきいきと息づかせている。ここにあるのは情念の追体験などではなく、想像力による共時体験である。

食後、ベンチに横になって目を閉じたマリアの頬をかすめる空気の揺れ、かすかなスカートの衣ずれの音、そして香水と体臭から、マリアは先に立ち上がったのはクレールのほうだと確信する。しかし彼女が目を開いたとき、ふたりの姿はもうそこにない。だからふたりが再びマリアの前に立つまでの描写は、事実なのかマリアの想像なのかわからない。だが、読者は事実か想像かの詮索も無意味なまったく新しい地平が三者によって開かれていくのではないかという予感に打たれるのである。マリアは「夫婦間の共有財産譲渡」の危機に直面している、つまり夫をクレールに奪われつつあるわけだが、そのことをもって、マリアが愛から完全に疎外されているとは言い切れないのではないか――そう思わせるような新しい地平が予感できるのである。

彼らは、今夜このホテルのなかのどこに、二人一緒にいられる場所を見つけられたのだろうか？　ほかならぬ今夜のうちに、彼はどこで、彼女のあのふわふわしたスカートをはいでしまおうというのか？　彼女は何という美人だろう。君は実にきれいだ、君は女神だ。彼らの姿は、雨とともにバルコニーから完全に消え去った。[3]

田中倫郎氏はこのように訳している。「彼女は何という美人だろう」(Qu'elle est belle.) これをマリアの呟きと解することに無理はない。ところが「君は実にきれいだ、君は女神だ」(Que tu es belle, Dieu que tu l'es.) となると、これをマリアの想像を介してのピエールの声としてももちろん無理はないが、別の個所でマリアがクレールに面と向かって、「あなたってなんてきれいなのかしら」「クレール、あなたは本当にきれいな人ね」と言っていることからすると、これをマリア自身の声とすることも可能だし、あるいはまた、ピエールとマリアの二重奏とすることさえ可能なのである。すなわち、ここでは主体の雲隠れがおこなわれているのだ。したがってこの声は、嫉妬と疲労感のなかに見捨てられているマリアのものか、新しい愛と旧い愛とのあいだに宙吊りにされているピエールのものかといった限定をも無効にするような声として響く。顔もなく、年齢もなく、人格もなく、制度も習慣ももたない人間の声である。Que tu es belle……をこのような響きとして聞き取る場合、日本語への翻訳はそのかぎりで困難になる。

ともあれ Que tu es belle, Dieu que tu l'es. は、あの「完全に中身のつまった、不透明な、丸々とした」デカルト的主体(ゴーティエの表現)を無効にする声へと変調を遂げている。

「あなたは本当にきれいな人ね」と「君は実にきれいだ」とが溶け合ってハーモニーを奏でるこのような声は、ついには「所有」も「貞節」もその意味を失うような、何か望まれるべき、新しい、より豊穣な愛の世界に属するはずのものである。

『夏の夜の十時半』は、大方の評者が指摘するように『モデラート・カンタービレ』により近い作品だが、主体（主語）を超えたところに誕生したこのような人間の声は、一九六八年の五月革命を経て発表される『破壊しに、と彼女は言う』（一九六九年）、『愛』（一九七一年）のなかでよりはっきりと聞き取れるようになるのである。

第4章

『ロル・V・シュタインの歓喜』
――あるいは見ることと見られること

三十年も前のことになるが、新聞の文芸欄にいささか気になる一文が掲載された。めったに切り抜きなどしない不精者なのに、これは切り抜いてデュラスのためのメモ帳に貼ってある。「インテリアブームの裏側――「見せる」から「見られる私」へ　管理社会化の完成の兆し?」[1]、社会学者・上野千鶴子氏の若き日の文章である。彼女の説を曲解しないよう、長い引用を厭わず要約すると、次のようになる。

> インテリアブームである。ところが、「問題は、その室内の観客が彼女ひとりだということだ。ハタラキバチの亭主は、深夜のご帰館で、せっかくのグリーンにけつまずくのがオチ。その上、彼は妻がインテリアに託した夢を共有しない。(略)核家族には訪れてくる客も少ない。当の女性だけが自分のインテリアに自己満足している」
>
> インテリアはファッションと並んで、とりわけ女性の自己表現の一つの手段であるが、視線の問題において、インテリアとファッションはちがってくる。
>
> 「ファッションは自分からは見えず、他人からは見られるものだ。ところがインテリアは逆に、他人からは見られず、自分だけに見える自己表現のメディアである。(略)だ

が、室内にいて室内を内側から見ている私たちの「目」とは何だろう。それは、どこかインテリア雑誌のカメラアイに似ていないか。「私の目」は、実は匿名の他者の視線と同じものになっていないか」

全文のほぼ半分にあたる以上の内容に、とりたてて気になるところはない。むしろ、現代の社会で、インテリアブームがどういう性質のものであるかを教えてくれる点で興味深い。それに対して後半部は、インテリアブームの根底に横たわるものに対する上野氏の、いわば嘆きあるいは批判を含んでいる。私が関心をもったのは、この嘆きあるいは批判の根拠とでもいうべきものだ。

家のなかで家族がいちばん往来するところに等身大の鏡を据えた人の話を聞いて、上野氏は次のようにいう。

暗い気持になった。家のなかの等身大の鏡——それは私空間に持ち込まれた他者の視線だ。この挿話は、他者の視線でプライバシーをのぞかれなくては、もう自分が誰かを確かめることもできなくなった私たちの社会の状況を、雄弁に表してはいまいか。

現代人が「見られる」事に耐えかねて、ついにのぞき屋にまでなり下がった、というのは現代文学にくりかえしあらわれるテーマだが、現代人はのぞき屋であるのと同じくらい、のぞかれたがり屋にもなっている。サルトルは「見られる不安」をいったが、私たちは「見られる安心」の中で生きている。見られていないとかえって不安なのだ。「私って何？」――その答えは他の人々が教えてくれる。（略）近代化の過程で、人々は「だれが見ていなくても神サマが見ていらっしゃる」という神の視線の内面化を成しとげた。今では神に代って隠しカメラが内面化された。こうして私たちの社会はクリスタルな見通しのよさを獲得する。

そして上野氏は、次のように締めくくる。

ファッションからインテリアへのブームの転回は「見せる私」から「見られる私」への視線のUターンを意味している。それは他者の視線の内面化という、とことんまでの管理化社会の完成の兆しなのだろうか。

このように、現代社会に生きる人間を見ること―見られることの視線の問題で解読したこと自体は、ユニークで示唆に富む。では何が気にかかったかといえば、上野氏がこのような分析を否定的なニュアンスで貫いていることだ。私空間に持ち込まれた等身大の鏡の話を聞いて「暗い気持になった」ところに氏の考えは代表されているといえる。他者の視線でプライバシーをのぞかれなければ、もう自分が誰なのかを確かめることができなくなった――それが嘆かわしいのである。人はあくまでも自分自身を認識しているべきであるということだろう。ところが、デュラスの『ロル』は、まさに見ること―見られることの世界に閉じ込められていながら、自分が何者であるかを知らない「歓喜」のなかにいる。上野氏の一文は、デュラスの世界に近接する要素を含みながらも離れていくために、なかなか興味深いものだった。

『ロル・V・シュタインの歓喜』（Le ravissement de Lol. V. Stein.）。ravissement という名詞は両義的な語である。動詞 ravir は二系列に分かれる。①力ずくで、あるいは策略をめぐらして、人を奪い去る（誘拐する）。②人に強い称賛の念を引き起こし、その心を奪い去る（うっとりさせる、魂を奪う）。――いずれにしても、動詞の場合は人から身体や魂を奪うことである。一方、過去分詞から生まれる形容詞 ravi(e) になると、もっぱら美の作用によって魂を奪われてうっとりし喜んでいる状態に力点が置かれる。しかしこれが名詞 ravissement となると、誘拐の意味にも、心を奪われて恍惚となった状態の意味にもなる。さらにまた、魂を奪われた状態は歓喜にだけ至るとはかぎらず、喪心（失神）状態になる場合もあるだろう。ロル・V・シュタインは「喪心」と「歓喜」にともに襲われたのである。

ロルは十九歳のときに気が変になった。彼女の婚約を祝うパーティーの場である。ロルはマイケル・リチャードソンに一目惚れして、この日を迎えた。彼女は、ドイツ人の大学教授とフランスのこの地生まれの母親とのあいだに生まれ、九歳上の兄がいる。ロルが一目惚れした二十五歳の若者は大地主の息子で、テニスが上手なだけの美男子である。S・タラの町。そこのT・ビーチのカジノで開かれた婚約を祝う舞踏会の夜、ローラ・ヴァレリー・シュタインは「狂った」（彼女は作中ではロルと記される）。遅くに会場に現れた黒いドレスの女、アンヌ＝マリ・ストレッテルとは誰なのだろう。ロルの婚約者マイケル・リチャードソンはかなり年上のこの女に一目で心を奪われ、ふたりは決して離れることなく踊り続ける。ふたりの姿から、ロルはもう目を離すことができない。夜が明けるまで踊り続けた恋人たちが立ち去るまで見つめ続けたあげく、ロルは気を失って、その後「変に」なった。

ロルが「狂った」のは、嫉妬に駆られたからではない。少女時代の友達タチアナにいわせると、ロルは「立ったまま眠ってしまうことも」あったという。つまり、彼女は何事にも苦しむことを知らず、苦しむことができないということらしい。苦しむためには、傷つき血を流す何かが身の裡に詰まっていなければならないだろう。ロルにはその何かが欠落している。

たとえば母親が死んだとき――それはロルが狂った後のこととはいえ――、彼女は涙も流さなかったという。悲しんだり苦しんだりすることは、たとえ千分の一秒にしろ、自分が置かれた状況を自分を取り囲む外の世界に照らし合わせて対象化できる能力によるものだろう。そうだとすれば、苦しむことを知らないロルは空洞の箱のようなものである。ロルというこの空洞に観察と愛の目を同時に向け始めたのが、タチアナの愛人ジャック・ホルドだった。

もし嫉妬に狂ったのであれば、黒いドレスの女と踊りながら戸惑ったような視線を向けるマイケルに、あんなに晴れやかでやさしい微笑で応えることができただろうか。ロルは、一瞬のうちにハンダ付けされたように離れられなくなったふたりの愛に完全に魅了され、心を奪われたのだろう。その愛は彼女の魂を奪って、眼前から去っていった。もっともマイケル・リチャードソンとアンヌ＝マリ・ストレッテルのふたりにしても、愛（といってもいいし欲望といっても同じことだが）に襲われ、運び去られたともいえる。

ロル・V・シュタインは眼前にふいに出現した愛の形に魅了され、それを凝視した。自分が経験する愛でなくても、いや、自分の愛ではないからこそ、愛は眼前に見える。デュラスの小説は、ここのところにエロチスムが生じる。この、愛を目撃した至福を、舞踏会の夜にロルは一瞬だけ味わったのである。ところが恋人たちは、見ることでその愛に参加したかったただろうロルを置き去りにした。彼女が「狂った」のは、そのあとである。

「あのひとたちに居残っていてほしかったの？」

「どういうこと？」

「どうして欲しかったのですか？」

ロルは黙りこむ。誰も無理強いはしない。それから彼女は私に答える。

「あのひとたちを見ていることをよ[2]」

このようにロルに問うのはタチアナと、彼女の夫の同僚であり彼女の愛人でもある精神科医のジャック・ホルドだ。しかもジャック・ホルドは、この物語を書きつつある男でもある。彼のように書こうとする男、または書きつつある男は、デュラスのいくつかの作品に主要な人物のひとりとして登場する。

ロルは「狂った」その夜以後、夜中に髪振り乱してさまよっていた。そんなある夜、「お家までお送りしましょうか」と声をかけてきた男に後日、結婚を申し込まれ、子どもをつくり、室内を整え、庭の手入れに専念する静かで平和な十年間を、夫となった男の国で過ごした。やがて音楽家である夫は、彼がロルと夜中に出会ったこの町に戻ってきて暮らすことにした。ロルは自分の生まれ故郷に戻ってきても、家事を完璧にこなし、庭の手入れをおこたらない。

デュラスの作品の夫たちは、主人公が人妻であることを条件づける程度の影としてしか描かれない。たとえば『モデラート』では、夫は工場主であり、妻には社会的にきちんとしていることだけを要求する男であるらしいと想像できるだけである。『夏の夜』はいささか事情が異なるが、たとえば、物語の最後のところで、レストラン兼ホテルのような休憩所の一室で夫が妻に「君を愛しているんだ」と言いながら近づいていく場面は、映画でいえば、スクリーンには正面を向いて壁のほうへ後ずさりしていく妻の姿だけが映っていて、彼女に向かっていく夫はスクリーンの手前か、あるいはカメラの動きそのものとして感じられるだけの存在にすぎない。また、『ロル・V・シュタイン』では、ロルがタチアナとその夫、そしてタチアナの情人ジャック・ホルドを招待した夜でさえ、ロルの夫はロルがいる部屋とは別の場所、たとえば遊戯室でタチアナの夫やジャック・ホルドと一緒にいることになっていたり、彼が別室で弾いているヴァイオリンの音が聞こえるといった程度しか、その存在は知らされない。いや、ただ一度だけ、影としてでなく一個の全身像として物語の始めのほうに登場する。しかし、それは初めてふたりが夜道で出会う場面だけである。妻となった女から夫となった男を遠ざけ、物語の背後へと退場させるこのデュラスの執拗さはどうだろう。

ひとつ屋根の下で暮らす男女の世界は、必然的にしろ倫理的にしろ——おそらくこの両方の作用によってなのだろう――、閉じられてしまう。四方の扉を閉めてカップルが閉じこもることによって成立する場所に、デュラスが語る愛や欲望は生まれない。そして、デュラスが描く愛の世界では、外部からの何らかのきっかけによって、人妻に激しい、あるいはゆるやかな精神的うごめきが始まる。ロルの場合も、女学生時代のタチアナを街で見かけたのが始まりだった。

先にも触れたように、デュラスが描く人妻はみな、どこかしら「うつろ」である。空洞そのものといっていい。空洞であるからには何かが欠如しているはずだが、同時に余計なものも詰まっていないことになる。それを、余計なものと見るか必要欠くべからざるものと見るかで、人間の捉え方が根本的に異なってくるようなものだ。たとえば、現代フランスで最も刺戟的な著作活動をしてきた思想家のひとり、ルネ・ジラールが、近代合理主義の虚偽と断言してはばからない「われ思う、ゆえにわれ在り」に要約されるような、確固たるべきとされている自我といってもいいだろう。空洞を前面に押し出し続けるデュラスの作品は、どうしようもなく中身が詰まってしまって膠着状態にある中心に対する作家自身の違和感から出発し、中心の凝りをほぐしたい、「からっぽ」になりたいという願望からつむぎ出されてくるのではないか。デュラスが物語を書くとき、最初に浮かぶのは単語である。主語、動詞、目的語という文法に縛られることなく浮かんだ単語を握りしめる。単語がやってくる直前の空洞に身を沈める。――少なくとも空洞には新鮮な風が吹き込み、音楽が誕生する可能性がある。風が流れ込むとき、空洞は共鳴器となるだろう。

ロルは夫の転居で十年ぶりにS・タラの町に戻ってくる。そしてよく散歩に出かけるようになる。そうしたある日、ひとりの男を見かけたことから、彼女のなかで空気が動きだす。その男ジャック・ホルドは、ロルの女友達、タチアナの情人である。このときから、恋人たちに対するロルのそそのかしが始まる。こうして彼女は ravisseuse「誘拐する女」になるのである。T・ビーチの舞踏会でマイケル・リチャードソンとアンヌ＝マリ・ストレッテルのなかにロルが見た愛の世界（＝欲望の世界）を、ジャック・ホルドとタチアナのなかに再び見たいためのそそのかしである。

「あなたを選んだの[3]」

ロルはジャック・ホルドにこういう。ロルの側から眺めたとき、恋人たちの個別性はほとんど意味をもたない。ロルを置き去りにしたマイケル・リチャードソンはジャック・ホルドと、アンヌ＝マリ・ストレッテルはタチアナとイメージが重なり、ときには、原文で「彼女は」や「彼は」の主語人称代名詞が誰を指すのか判然としなくなってしまう。また、ロルとタチアナの境界線が消え去ることもある。ロルの欲望がタチアナの欲望に合流するのだ。そこに愛の所在が現前しさえすればいいのであり、それを見ることがロルの「歓喜」なのである。

　ロルの視線の参加を得て、ジャック・ホルドとタチアナの情事にはどんな変化が生じるだろうか。欲望の力学は三者によってはじめて、力学たる動性をはらむ。ふたりであることがいずれは孤独と閉塞に行き着くしかないことを、誰でも経験で知っている。ジャック・ホルドはロルの欲望に気づく。そして彼女の欲望を実現させるべく、いわば協力者となる。ところが、ロルの欲望はそのジャック・ホルドとタチアナの愛に向けられているのだから、ジャック・ホルドはロルの存在によってタチアナへの欲望を増大させられる。タチアナだけはふたりの共犯関係の圏外にいるので、それが理解できない。だが、ロルの出現が自分たちの関係に何らかの変化をもたらしつつあることには気づいていて、不安と動揺に襲われる。ジャック・ホルドに何度も、「ロルなの？」と尋ねずにはいられないし、自分に対するジャック・ホルドの欲望が増大することに恐怖さえ感じている。ジャック・ホルドが「君を愛しているんだ」といっても、彼女には「嘘つき」としか答えられない。

「あたしにたいする態度をあんまり変えたら、もうあなたに会わないわよ[4]」

しかし彼女はやはり「森のホテル」へ出かけていくだろう。草むらにホテルの窓を見上げるロルがいる。ロルがこちらを見ていることをジャック・ホルドは知っている。タチアナはまだ来ない。タチアナへの欲望のために、ジャック・ホルドの目には涙さえ浮かぶ。

この物語に確固たる主体である登場人物などひとりもいない。そこにあるのは関係性だけであり、それも三人によってはじめて動きだす関係性である。

作品の構成も、この関係性を主張している。物語に登場する一人称単数の主語代名詞「私は」とはいったい誰なのか、しばらく読み進むまで見当もつかない。初めは、伝統的小説によく出てくる語り手かと想像する。物語の全体を掌握していて、読者に語り聞かせるあの語り手である。途中でやっと「私は……」と語っているのがジャック・ホルドであることがわかる。ところがそのジャック・ホルドはまた、三人称でも登場するのだ。翻訳した白井浩司もほとほと困惑したらしく、アルコール依存症気味と伝えられていたデュラスの混乱か、とまで疑ってみたらしい（この日本語版は今日では入手困難である）。デュラスの作品を次々と読めるようになった現在だが、つねに困惑させられ、そのつど、新しい経験へと運び去られることに変わりはない。

「私は」で現れるジャック・ホルドは、ときどき「私は想像する……」で語りだす。すなわち物語の随所にもうひとつ、ジャック・ホルドの「想像する」物語が嵌め込まれているのだ。したがって、語られる物語のなかにも彼はいて、そのときはジャックではない、「想像する当人たる彼」が登場する。かといって、「私は」と「彼は」は厳密に使い分けられているのでもない。「私は」で一個の主体であるかのように見えたジャック・ホルドは、一転して彼自身によって眺められる第三者になっている。このように、読者はひとたび『ロル・V・シュタイン』の世界に足を踏み入れると、主体と客体が入れ替わる乱舞に巻き込まれ、それはまるで鏡の破片が散らばる世界にいるようである。

愛の不毛、空白、狂気——デュラスの作品が語られるとき、必ずといっていいほど使われてきた言葉である。絶望も語られる。しかし、少なくとも『ロル』にこれらの言葉からイメージされる深刻さ、痛さ、重さといった負のイメージは抱きにくい。もしこのような負のイメージをより強く感じ取るとするならば、それは、ロルがあのパーティーの夜に受けた衝撃を悲劇としてだけ読むからだろう。しかし、ロルは妻として母として庭仕事も楽しみながら、平穏に暮らしてきた。そこへジャック・ホルドが登場し、ロルに引き付けられる日がきた。男として、そして同時に精神科医として、さらには物語を書きつつある男として。

ジャック・ホルドは、かつてロルが婚約者に捨てられたパーティー会場T・ビーチへロルを誘い出す。一夜を歩き通し、ホテルにも泊まったが、ふたりの道行きに性の匂いはしない。

ジャック・ホルドはこの場面ではほとんど、本業である精神科医の立場でロルを誘導しているかのようにさえ見える。その日の夜、ジャック・ホルドはいつものように「森のホテル」でタチアナを待っていて、ロルはといえば、ホテルの窓が見えるいつもの草むらで安らかに眠っている。

第5章

『破壊しに、と彼女は言う』その1

——五月革命における作家学生行動委員会に関する覚書

『破壊しに、と彼女は言う』(*Détruire, dit-ell*) は一九六九年二月に、Editions de Minuit（深夜出版）の Rupture（断絶）叢書の一冊として上梓された。破壊・深夜・断絶と並ぶと、一瞬にしろ私たちはこの挑発的な三つの単語に目を奪われ、作品に向かう前に、作者が自作をAではなくBの出版社に手渡すに至ったのには何らかの思いやエピソードがあったのではないかと想像したくもなる。けれども所詮これは想像の域を超えるものではないし、さらにそのようなことは結局、本質的な問題とは何の関係もないだろうという結論に落ち着く。だがしかし、六九年二月の日付は無視できないだろう。六九年二月といえば、前年六八年の五月革命がまだ運動として〈革命〉の渦中にあった時期である。

『破壊しに、と彼女は言う』は、あるホテルで、男ふたりと若い女の三人組が流産後の保養にきているブルジョアの人妻を「森へ行きましょう」と誘うだけの話である。森――デュラスの脳裏には、少女のころ二番目の兄と何度も分け入ったインドシナの森が居座っていたはずである。トラも潜み、大蛇もうごめく森。森は危険がいっぱいであり、そこへ誘うということは、先走りしていえば、共犯を促しているのである。〈革命〉への誘いである。それも絶対的アナーキズムの。

デュラスが五月革命でとった立場を知ると、『破壊しに』がデュラスの五月革命をどれほど色濃く反映しているかがわかる。その一方で『破壊しに』は、緑の風が吹き渡るような美しい作品でもある。作品世界に入る前に五月革命の大筋だけでも知っておきたい。

現代文化・文明の総体的なあり方に対する学生たちの異議申し立てに始まった五月革命は、本質的に文化革命の性格をもつもので、学生だけでなく、文化産業、情報産業と総称されるものにたずさわる人々が敏感にこの運動に反応したのは当然だった。もちろん作家も例外ではなかった。作家を中心とする、あるいは作家だけをメンバーとする集団が三つ結成されたことにも、それは示されている。五月二十日、自然発生的にソルボンヌの哲学科講堂で結成された作家学生行動委員会、翌二十一日、フランス文芸家協会の事務所が置かれているオテル・ド・マサを占拠して創設を宣言した作家同盟、そして、フランス共産党と路線を同じくする〈テル・ケル〉集団の三つである。

デュラスは、ブランショや、デュラスの前夫であり彼女の映画製作にあたってはつねに良き協力者であり、また『破壊しに』の献辞が捧げられてもいるディオニス・マスコロとともに、行動委員会の中心的メンバーだった。この事実と、『破壊しに』が五月革命の渦中に書き上げられた事実とをもって、すぐさま五月革命がこの作品に及ぼした影響を云々するのは、彼女が創造してきた作品世界を眺める視野を狭める恐れがあるかもしれない。少なくとも

『モデラート・カンタービレ』以後の作品はすでに、行動委員会が文書として示した考え・立場に通じるものを一貫して内包していた。また、行動委員会は五月革命のなかでたまたまひとつの形を取ったにすぎないのであって、ブランショやデュラスは五月革命よりはるか以前から革命的だったのだ。しかし一方で、『破壊しに』には五月革命の火照《ほて》りを直接反映していると思われるところもある。『破壊しに』には十通りの読みかたがある。それがわたしの意図したところである」と語ったとされるデュラスだが、映画『破壊しに』に関しては、そこに政治的アレゴリーを読み取ってくれることを希望すると明言しているし、何よりも、『破壊しに』のなかのふたりの男がユダヤ人であるところに五月革命の直接の火照りが感じられる。

なぜドイツ系ユダヤ人なのか？　――理解しなければならないこと、私たちはみなユダヤ人なのだ、私たちはみなエトランジェ（異邦人）なのだ。これが〈五月〉の合言葉です。私たちはみなあなたがたの国家、あなたがたの社会、あなたがたの術策に対して異邦人なのです。(1)

このように、『破壊しに』には五月革命が反映されている面があるにもかかわらず、対談やインタビューで触れている以外には、五月革命について彼女自身のまとまった発言はない。したがって、ここでデュラスも中心メンバーだった行動委員会の性格と主張を大雑把にでも知っておく必要があるだろう。そのために、比較する意味で他の二集団についても取り上げるとしよう。さいわい、各集団ともそれぞれの声明文を発表している。これら声明文と竹内芳郎氏の解説によって、要点だけをなぞってみることにする。(2)

立場と、したがってその主張とが最も明快であると思われるのは、フィリップ・ソレルスが率いる〈テル・ケル〉集団の声明文である。

テクスト実践からひき出される理論の構築は、（略）その複合的生産様式にしたがって、われわれの時代の唯一の革命理論たるマルクス＝レーニン主義理論の一部をなすべきであろうし、最も精練された実践（哲学、言語学、記号学、精神分析、「文学」、科学史）の批判的統合をめざすべきであろう。(3)

彼らには教義としてのマルクス＝レーニン主義こそがもっとも大切なもので、そこから外れたどんな〈異議申し立て〉も、個人的で感傷的な、反革命的企図におもえるらしい。したがって、ブランショ的な radicalité du vide は「根拠なき革命主義」ということになろうし、サルトル的な engagement は、「ブルジョア体制の徹底的な愚昧化政策の共犯」でしかないことになろう。そもそも彼らにとっては、今日、〈文化の危機〉なるものは存在せず、それはただ資本制生産様式の世界的危機の反響でしかなかったのだから、学生叛乱の総体がまったくの反革命的愚行にみえたとしても、けだし当然であろう。(4)

だからといって、〈テル・ケル〉派は政治闘争に没頭するわけではなく「マルクス＝レーニン主義による社会革命を言語活動の次元にまで拡大延長すること——それが彼らの唯一の関心事」(5)だった。

次に、その主張が文章上理解しやすいのは、作家同盟のそれである。作家同盟にはビュトール、サロート、サルトル、シモーヌ・ド・ボーヴォワール、アンドレ・ピエール・ド・マンディアルグ、ベルナール・パンゴーなど、ほぼ第一線で活躍する作家百人近くが加盟していて、文字どおり血統正しき作家同盟である。

作家同盟の目的は、作家の何たるかを定義することによって、作家同盟そのものの性格を規定してゆくことにある。今日存在している事実上の状況から出発して、作家同盟は、現社会において文芸活動を行うための諸条件と、作家自身がその犠牲者であるところの生産・消費様式と訣別するための方法とを探求することとする（専門部会）。それと同時に、現在生じつつあり、その到来を作家の実践そのものによって容易にせしめねばならないところの現在とは違った社会における、作家の機能について探求することとする（イデオロギー部会）。（五月二八日宣言）[6]

彼らは既成の概念における〈作家〉という立場をまずそのまま受容して出発している、ということであって、この点で次に述べる第二のグループ〔作家学生行動委員会：引用者注〕とは鋭い対照を形成している。[7]

このグループの態度決定は、みずから『アンガジュマンの起源へのまじめな還帰』を称しているように、サルトルのアンガジュマン文学の姿勢の拡大深化だと評することができる。[8]

より具体的に、そして最も重要視されたのは、「作家――出版労働者――読者の関係の再検討と変革であって、とりわけ執筆者と出版労働者とを距てる壁をとり払い、ともにおなじ労働者としての連帯のうえに立って闘っていく[9]」ことを目指した点である。

最後に作家学生行動委員会だが、デュラスも参加したこのグループが「六十名だったのは、ただ一度きり」であり、翌日には激減し、「その最も活動的な作家メンバーは、就中、モーリス・ブランショ、ディオニス・マスコロ、マルグリット・デュラス、ジャン・シュステル、ジョルジュ・セバーグ、ロベール・アンテルムであった」と、彼らが発表した文書の冒頭に明示されている。多彩な顔ぶれの作家同盟とは、この点ですでに大きな違いが見られる。違いはさらに文書の形式にも見られる。前述の二グループの文書がいかにも綱領にふさわしい体裁と長さと明快さを保っているのに対して、作家学生行動委員会の文書ははるかに長文であり（原文一九ページ）、なかに若干個条書きを含んでいるとはいえ、マニフェストの文法（それがあるものとして）を排していることは、きわめて特徴的である。

そもそも、この種の文書が長文だったり個条書きだったり、また、明快だったり難解だったりすることは、思想そのものと緊密なつながりをもっているのだろうか。『現代革命の思想7　文化と革命』に訳出されている三つの集団の各文書を比較検討すると、文体と内容（思想）は相関関係にあると断言したくなる。少なくともこれから若干引用する行動委員会のテクストに限っては、その長さとある種の難解さは必然のものとして納得できるからだ。

行動委員会は三つの文書を発表した。「作家学生行動委員会について」（一九六八年九月）、

「運動について」（同年十二月）、「諸行動委員会について」（一九六九年二月）である。これらはのちにまとめられ、「一年後」と題されて Les Lettres Nouvelles 誌一九六九年六―七月号に掲載された。なかでも最も長文かつ重要と思われる第一の文書を取り上げることにする。

行動委員会の文書の難解さはまず、集団そのものの性質が他の二集団と根本的に異なっているところに端を発している。

（〈行動委員会〉は）決して組織ではないのであり、どうあっても政治ビューローとして機能し得ないのである。したがって〈行動委員会〉は綱領も政治的方針ももっておらず、またもち得ない。この点は必要不可欠であって、さもなくば〈委員会〉は、〈委員会〉が克服したいと願っている諸悪が原因で消滅してしまう可能性よりもはるかに確実に、忽ちのうちに存在を停止することであろう。(10)

このようにまず、行動委員会は組織化を極度に警戒している。そのわかりやすい理由のひとつは、組織となったとたんに生じる内密さがどこに行き着くかを「知り過ぎるほど知っている」からである。すなわち、

〈運動〉が一政党でないのと同じく諸行動委員会はグループではない。諸委員会の抱える困難について口をつぐむことは、諸委員会をグループに、閉じられたグループに、恥ずべき内密さ、すなわち打明けられないものを後生大事にして絶えず一層閉鎖的になる傾向を有するグループに仕立て上げる最も確かな方法であろう。内紛であれ、苦悩であれ、挫折であれ、革命的行動には打明けられないものなど何ひとつ存在しない。われわれは、かくなる慎重な配慮がどこに辿り着くかを、知り過ぎるほど知っている。敵を過大評価し、大衆を過小評価する闘士たち自身は、徐々に一家族（汚れた下着がひそかにたまってゆく場所を想起すれば、それ以上にその特徴がはっきりすることのないような場所）を再形成するに至る。(11)

この感覚的とも思える組織への嫌悪はしかし感覚的嫌悪に止まるものではない。

汚点のない政治的真理、純粋な原則、絶対的目標、あるいは努力なしに思いつかれたり、人びとの悲惨を他所に、わけのわからぬ秘密会議で啓示された律法板を思わせる完璧な綱領を、人びとに提示する時代は終った。もし革命的努力が、その努力自体をひそかに絶えずねじ曲げようとするもの——超越性、権威、ドグマ——とも闘うことにあるのでないなら、それはまだ今日にふさわしく可能な革命的努力ではない。[12]

こうして「大部分の新参者たちは、彼らが迷い込んだ環境にレッテルをつけることができず、この集会の理由を発見できなくて、退散する」のであり、また「外部からやって来る者の眼には、この委員会は、それだけですでに、――社会に、とはいえまだ、特殊で、滑稽な、気違いたちの――社会に似ているように思える。――あなたがたは気違いだ、という言葉がわれわれを観察する者たちの口に往々にしてのぼる」[13]ことになるような集団だった。以上の若干のテクスト引用からも明らかなように、行動委員会は絶対的な自由を求めるアナーキズムを根底に置いていた。この絶対的自由を要求するアナーキズムは当然のことながら、徹底した否定・拒否の精神に貫かれている。この否定・拒否は、自分たちが練り上げつつあったテクストに対しても発揮され、そこでは、「うんざりする」ような否定の積み重ねのなかで公表されるに至った経過も述べられている。ということは、いま私たちがテクストとして読んでいるこの文書もまた、いつでも彼ら自身によって否定の対象となる運命を免れないことを意味している。こうした拒絶の精神は、「運動について」の文書では、「過去よりはむしろ実現しつつある現在そのものを破壊し、実現可能な未来に対しては極めて無関心」であるような「根源的非連続性への決意」を固めさせたのが五月革命である、という表現でも示されている。先の文書に戻ると、拒否はより具体的に語られている。

拒否以外の何ものもわれわれを結びつけていない、とわたしは思う。階級社会から迷い出してしまったものの、人生にある以上、階級分化できないとはいえ毀され得ないわれわれは拒否する。われわれはその拒否を、われわれが拒否するものを拒否すると主張する政治的組織形成にわれわれが加わることを拒否するに至るまで、押し進める。われわれは野党機関のスケジュール化された拒否を拒否する。われわれは、われわれの拒否がひもでくくられ、詰込まれてひとつの痕跡を記すことを、その生命力あふれる源泉が枯れることを、その流れが逆流することを拒否する。(14)

彼らのこの拒否の精神からすれば、サルトルたちの作家同盟は真の革命を目指すものではなかった。つまり、作家同盟は作家としての自己に〈異議申し立て〉するためだったとしても、とりあえず作家という既成の社会的規定をそのまま引き受けたところから出発しているからだ。これに対して、行動委員会は一気に人民として自らを位置づける。

〈行動委員会〉は、その数がいかにとるにたらぬものであり、社会的構成がどのようなものであろうとも、すでに人民そのものである。まったき人民としての人民の（すなわち、人民の抱いている諸要求が、人民の中で、潜在的状態から顕在的状態へと移行した時期における人民の）完全な一細胞である。[15]

つまり、作家同盟は有であり、行動委員会は無であると位置づけている。そもそも、作家が作家という社会規定を自ら受け入れることは、〈文化〉のなかに安住していることを意味するだろう。ところが行動委員会は「〈革命〉自体、文化がこれを文化に還元してしまう限り、地獄にゆきつくのである[16]」として、〈文化〉のなかの〈革命〉の無意味さを指摘する。「文学はすべて真の文化と何の関係もない」とは、ブランショの以前からの考えでもある。ジャン＝リュック・ゴダールが蓮實重彦氏との対談のなかで、テレビと映画に言及し、「テレビというものは文化なのです。かつて映画は文化であったことはない[17]」と語っていたことが思い出される。ここは実に難しい問題をはらんでいるところで、竹内氏もその著書『文化と革命』の「まえがき」で、「〈文化〉という概念は、いままで文化遺産とか文化施設とか文化人とかの制度的なかたちで、いわばポジティヴなものとして考えられてきていたために、文化が革命の対象となることは了解し得ても、文化そのものが革命的となること、したがってまた革命そのものが文化的となり得ることは、そう思えるほど簡単に了解できることではないはずである」[18]と述べて、〈文化〉と〈革命〉の問題は五月革命に限らず、〈文化革命〉にまつわる難問であることを認めている。この文化と革命の難問は、その意に反して作家学生行動委員会と自称せざるをえなかった行動委員会自身が、今日に至るまでついに解決できなかった自己矛盾だが、ともかく行動委員会は次のように述べる。

文化はすべてを併呑し、外部には何ひとつ残さないのであり、要するに文化には外側がないのである。もっとも破壊的思想、ランボーが恐ろしき労働者たちと命名している者たちによって企てられた（あらゆる文化的価値を含めた）価値のあらゆる破壊作業、〈革命〉すらもが、文化の財産となる。〈革命〉すらもが？ 〈革命〉すらもだ――少なくとも、完全な革命的瞬間がついに成就するようになるまでは。「〈革命〉は至上の文化行為である」という命題自体、この瞬間を待機している点において、文化に併呑される。この公式に従えば、文化行為をいくらつみかさねてみても、結局は至上の文化行為に帰着するだけのことである。

（略）

いまや、恐怖を巻き起すのを覚悟の上で、文化の流れを全面的にひっくり返さなければならないのである。「〈革命〉は至上の文化行為である」という命題は革命的文化行為などないということを意味している。そんなものなど存在しない。革命的行為は外部から、文化行為にその意味を与えにやってくるのである[19]。

文化の流れをひっくり返すといい、外部といって、行動委員会はいっさいの「今、ここ」における有効性の追求を拒否する。では、このグループは「今、ここ」ではないどこかといつかを目指しているのか、と問うのはもはや愚問である。いつかもどこかも目指さない。あるいは目指せないと知る。有効性に対して、ブランショがいう radicalité du vide（空の徹底性）をもって対応し、いつかのどこかに身を落ち着けようとする動きを自らに禁じる「根源的非連続性」と非方向性は、まさしく夢の特性である。

何が問題なのか？　まったく別のものなのか？　おそらくはそうだ。適当な方便がないから、アナロジーで処置することにしよう。委員会は夢の変りやすさをそなえている。委員会は夢の重さを持っている。委員会は夢のように衝撃的である。夢のように、委員会は日常的である。われわれは対象のない愛を夢みることができる[20]。

真にデュラスが身を置くことができる集団は、この作家学生行動委員会をおいて他にはなかっただろう。そこでは、作品を通して馴染みのデュラスの貌が、集団による文書のなかに埋没することなく、変形することなく浮かび上がる。「最も活動的な作家メンバー」だった六人中、ジャン・シュステル、ジョルジュ・セバーグ、ロベール・アンテルムについては不勉強のため、語るべきものをもたないが、モーリス・ブランショ、ディオニス・マスコロについては、デュラスの場合と同じことがいえる。この事実はしかしながら、彼らが集団のなかで特別に発言力が強かったという力関係を意味するものではないだろう。もしそうであれば、彼らの思想そのものが瓦解することになる。公表された文書を誠実に受け取るかぎり、彼らの思想そのものが、集団のなかの個をそのまま生かしえたといえるだろう。

前出の Cahiers du Cinéma のなかで、デュラスは特に映画版の『破壊しに』についてインタビューに答えているが、最後にその発言のなかから五月革命をめぐるものを取り上げておくことにしよう。

行動委員会が「気違い」扱いされたことは、デュラスにとって望むところだったようだ。彼女は「気違い」を高く評価する。なぜなら、「気違いは、主要な偏見が、つまり自我の境界線が破壊されている人」のことだからである。自我を支柱に積み重ねられてきた「知」に対して「無知」をもって立つ「分別のなさ」こそが、望ましい再出発のゼロ点にあるというわけである。やや単純にすぎる図式だが、文書にあったように「文化の流れを全面的にひっくり返さなければならない」のだとしたら、「一切を忘却し」ゼロ点に戻る努力にしか期待は抱けない。

形容・呼称から逸脱するもの、それを私は空、からっぽ、ゼロ点と呼びます。からっぽは言いすぎかしら……ゼロ点、中立点、そこに感性が結集する、あるいは再び見出される……。調子の狂ってしまった人がますます増えてるそうよ。気違いで病院はいっぱいだって。頼もしいことだわ。世界が耐えがたいものであることを、その人たちはありのまま感じてるってことですもの。感性が深まってることの証しに他ならないのですもの。[21]

〈革命〉について感性を問題にするのは文学的すぎるだろうか。しかしながら一九六八年五月、現代文化の総体に対してあげられた拒否の少なくとも第一声が、理路整然とは語れない感性の叫びだったことに疑いの余地はない。そして五月革命が〈政治〉のなかで挫折した理由も、おそらくそこにある。

五月は成功した事態だった。あれは、政治的操作のレベルにおけるどんな成功にくらべても、はるかにうまくいった失敗です[22]。

第6章

『破壊しに、と彼女は言う』その2

——エクリチュール＝「書くこと」と「文体」

曇天。
窓は閉まっている。
食堂の、彼のいる側からは、庭は見えない(1)。

『破壊しに、と彼女は言う』の地の文章は、脚本のト書きに似ているといっていい。巻末にはクロード・ロジーの演出による芝居を想定した「上演のためのノート」が付されているし、また、デュラス自身が初めて一本立ちの監督として映画化してもいる。しかしだからといって、この文体がこうした目的のために選ばれたものであるとはいえない。むしろ、『モデラート・カンタービレ』以後、「書くこと」の意味を問いながら書くなかで、必然的に生み出された「文体」だというべきだろう。

世界の表層にとどまること、具体的には登場人物の心理をあれこれ詮索しないこと——これがデュラスのエクリチュールを規制する唯一の法則であり、したがって、思想の根幹でもあった。表層にとどまることのひとつの表れとして、『モデラート』以後、すでに視線(regard)、見る(regarder)といった単語が多用されてきた事実をあげることができる。デュラスの読者ならば、このふたつの単語を安易に読み流すことは決してできない。これらの単語の背後を心理学的に探ってみたくなることも十分に起こりうる。しかし、結局は知ることになる。視線の向こうには物か人物がただあるだけであって、それらの背後を見ることなどできないのだ、と。たしかに、物語の進行に沿って、対象に向ける目のさまざまな表情を想像することはできるだろうし、Aを見ないこともできるはずなのになぜAを見るのかと、思いをめぐらす自由まで奪われるわけではないだろう。しかし作家の文体のレベルでは「視線」も「見る」も「無表情」に記されるだけである。ちょうど、地球が無表情にただ宇宙に浮いているとでもいうように。

デュラスが小説だけでなく、演劇、とりわけ映画に多大の関心を寄せ、またそれ相当の活躍をしてきたことも、「視線」と「見る」の多用が示す表層へのこだわりと無関係ではないはずだ。いうまでもなく、小説に比して演劇は、そして演劇以上に映画は、作家が「某は考えた……感じた……思った」という言語表現に頼ることで作品の内面を語ることのできない表現形式である。デュラスは、「……と某は考えた」「……と某は感じた」に否応なく顔を出す、作家による登場人物の内面への介入を厳しく拒否する作家だった。そうであるならば、彼女のエクリチュールが芝居と映画という、もっぱら表層によって成立している芸術にかぎりなく近づいていくのは不思議ではない。

特に映画に対する傾倒には、演劇に対するそれをはるかに凌ぐものがあるように思われる。わが国でもいまなお上映される名作、アラン・レネ監督の『二十四時間の情事』（シナリオは一九六〇年）とアンリ・コルピの『かくも長き不在』（シナリオは一九六一年）のシナリオを書いていることからも、十分にうかがい知ることができる。また一方、映像作家のほうもデュラスの文学作品の映画化に情熱を示してきた。『太平洋の防波堤』[2]、『ジブラルタルの水夫』[3]、『雨のしのび逢い』（原作は『モデラート・カンタービレ』）、『夏の夜の十時半』[4]は、いずれ劣らぬ力量の監督たちが意欲的に映画化を試みてきた。これほど映像化をそそられる作品を書いてきた作家は、それほど多くないはずである。

『ラ・ミュジカ』[5]から、彼女は他人に任せず、自ら映画製作に乗り出した。このときはまだポール・スバンとの共同演出だったので、二本目の『破壊しに』で初めて、映像作家としても独立したことになる。以後、ひとつの物語をめぐって小説・戯曲・映画が、あるときは小説と映画、あるときは戯曲と小説といったように、相前後して作られ続けてきた。そして『インディア・ソング』では、テクストそのものが、texte-théâtre-film と銘打って発表されるに至った。したがって、デュラスに限っては小説の映画化、あるいは戯曲の小説化といった無造作な表現は慎まなければならない。これら三つのジャンルはひとつの物語を共有して等価に置かれ、三者間をひとつの物語が循環する。

小説ともシナリオとも呼べる『破壊しに』は、テクスト自体によって「小説」の破壊がさらに一歩進んだ作品であり、その意味でデュラスの言語による作品は、ただ単に「テクスト」とだけ呼ばれるのが最も適当だと思える。言い換えれば、作家が世界の内面に介入することを自らに禁じ、あくまでも表層にとどまろうとするならば、「小説」の破壊は、「小説」というジャンルの枠を拡げ、既成の部分を破壊することによってその蘇生をはかるといったもくろみとはまったく無縁であり、ひとつの制度としての「小説」（あるいは文学）の消滅を目指すことこそ願わしいことだとして、書きながらその道程を歩むことを意味するのだ。すなわち、「文学」の消滅への道を言語によってたどることである。

だとすれば、デュラスの場合、テクストを書くときに言語はどのように組織されていくのだろうか。これを語る彼女自身の言葉は、実に興味深い。

わたしは意味とか語義などを、ぜんぜん気にしない。意味があるとしたら、それはあとから出てくるものなの。（略）単語のほうが構文よりも大切ね。まず頭にうかんできて根をおろすのは、なんといっても個々の単語ね、それも冠詞なしの。文法的な時制なんかは、それからずっと遅れて出てくるの。（普通の文法的感覚に対する、一種の撤回修理作業が行われるのではないか、との質問に対して）、それは意識的なことじゃないのよ。まず前面に出てくるのが空白なの。それが事の次第よ――わたしは、どういうふうに書くかを言ってるのだけど、おそらく、構文をきびしく拒否するあおりで、現われてくるのが空白になるのよ、たしかにそうなの、そう言えばいくらか事情の説明になると思うわ。(6)

ここに語られているような「空白」の、少なくともその誕生の可能性を、デュラスは女、それも人妻たちのなかに見てきた。エリザベート・アリオーヌもまた、そうしたひとりとして登場する。

第7章

『破壊しに、と彼女は言う』その3

――森への誘い

ホテルの食堂でマックス・トルは、ひとりの女を見ている。女は周囲にまるで注意を払わない。見つめられていることも知らない。女は錠剤を飲む。テニス・コートを眺める。ホテルの庭のベンチで眠る。いつも本を一冊——同じ本を——携えているが、いっこうに読み進んでいる様子はない。ここは「子どももいなきゃ、犬もいない、新聞もなければ、テレヴィもない」「病人ばかりの」ホテルである。その女、エリザベート・アリオーヌも事実、流産後の体を癒《いや》すために逗留しているので、睡眠薬を飲んで庭のベンチで眠ることだけが、彼女のすることのすべてである。流産——胎内を満たし日々彼女を膨張させていたものを突然失ったために空洞を抱えている女、エリザベート・アリオーヌ。流産という重大な事故にあえば、女は身体的にだけでなく、精神的にも大きな打撃を受けるものだろう。身体的・精神的空白。しかし読者には、そうした状況に置かれた女の、おそらくは身体から生じて心理にも及ぶだろう悲劇に立ち会う機会はない。作者がそうした種類の「女の物語」を紡ぎ出すことにまったく関心を示さず、もっと別の事態の発生をこの空白に見ようとしているからである。

地方都市の工場主の妻である『モデラート・カンタービレ』のアンヌ・デバレード、夫とその愛人とともにスペイン旅行をする『夏の夜の十時半』のアルコール中毒気味のマリア、恋人と黒いドレスの女が舞踏会場を去っていったその瞬間に「喪心」した『ロル・V・シュタインの歓喜』のロル。エリザベートは彼女たちといつでも代替可能な、デュラスの作品に執拗に登場し続けてきた人妻のひとりにすぎない。酒に溺れること、気が変になること、流産後こうして眠ってばかりいること——空白は作品によってさまざまな形で描かれるが、彼女たちの誰しもが、こうした形で現れる空白をそれと自覚せずに抱え込んでいる点は同じである。酒に溺れたり、気が変になったり、眠ってばかりいるのは、あるひとつの基準に照らしてみると、まともでないこと、すなわち逸脱である。逸脱として現れる彼女たちの空白に、デュラスが「構文をきびしく拒否するあおりで、現われてくる」自身の空白を重ね合わせようとしていることは明らかである。

先に、人妻たちはみな自分が抱えている空白に自覚的でないと書いた。この点は重要である。作家は彼女たちから周到に自覚を遠ざけ、受け身の姿勢をとらせる。痴呆的とさえいえる受け身の姿勢が——物語全体に漂うエロチスムの源もおそらくはそこにあるのだが——空白が気流を誘い込むように物語を形成していく。

このことに関連してついでに述べておくと、人は彼女たちの空白について、現代人の悲劇、すなわち愛の不可能性という図式で語りがちである。たしかに、『モデラート』のアンヌは地方都市の金持ちの人妻として倦怠を病んでいる。『夏の夜』のマリアは、夫と自分の友人の情事に苦しんでいたかもしれない。『ロル・V・シュタイン』のロルの気が変になったのも、恋人が女と立ち去ったことに直接の原因があるだろう。しかし、もしデュラスを語るに際して愛の不毛を指摘するにとどまるとすれば、一種独得の悲痛さをともないながらも、伸びやかな気流を思わせるデュラスの文体に身を委ねるのを拒否することになるだろう。そもそも、愛が不可能でなかったと言い切れる時代はあったのだろうか。デュラスはたしかに現代人の愛の不可能性を描き出しはするが、決してそこに留まって戯れているわけではない。

眠ること。庭のベンチに長々と身を横たえて眠ること。エリザベート・アリオーヌは、彼女に先立つ人妻たちよりいっそう無防備であり、無自覚である。彼女は自分からは何ひとつ行動らしい行動を起こさない。アンヌはショーヴァンと愛の物語を組み立てようとし、マリアは殺人犯を助けようとしたが、それと似たようなことはしないし、また、ロル・V・シュタインは立ち去った恋人たちのその後の姿を、別のカップルに見ようとしたが、そのようなこともしない。エリザベートは何もせず、ただベンチに長々と寝そべり、大地にほとんど身を委ねているといっていい。このような意味で、エリザベートはよりあからさまに空白をさらけ出している。そして、彼女のこの空白に狙いをつけた三人組が登場することによって、物語の雰囲気は相変わらず物静かでありながら、主題は前三作よりも過激さを増している。

ふたりの中年男、マックス・トルとステーン、そしてトルの、ほとんどまだ少女といえる妻アリサ。ふたりの男がともにユダヤ人であるところに五月革命の直接の火照りが感じられる点については、先にデュラス自身の言葉を引用しながら触れたが、「私たちはみなユダヤ人なのだ。異邦人なのだ」という五月革命の合言葉は、スターリン体制下で自殺した女流詩人マリーナ・ツヴェターエワの『あらゆる詩人はユダヤ人』に呼応するものなのかもしれない。

病人ばかりのホテルとは知らず、ただ森があることに惹かれて待ち合わせの場所としたトルとアリサはもちろんのこと、昔このホテルでひとりの女に出会って以来、毎年やってくるようになったというステーンにしても、「死んだはず」の女の思い出に身をまかせ「再会を望む」といった情緒のなかにいるわけではない。いずれにしても三人は、病人である他の客とは場違いの人間であり、すなわちこのホテルのなかの異邦人である。

エリザベートを追う第一の視線はトルの視線である。それにステーンの視線が重なる。そして最後に、数日遅れて到着したアリサの視線が合流する。デュラス的視線は、人物の内面に介入しない分だけ、いくつかの機能を果たしているが、なかでも対象への欲望を語ることが、一般的にいっても視線のごく自然かつ主要な機能なのかもしれない。三人のエリザベートに向ける視線は、このようなものである。

エリザベートに向き合う三人は、その前に彼らが三人であることによって、デュラスの主要なテーマのひとつ「欲望の三角形」をすぐさま想起させる。事実、彼らのあいだでは、出会うと同時に「欲望の流通」が始まる。といっても、『夏の夜』のマリアの夫と彼女の友人のあいだにあったような姦通が始まるわけではない。彼らの存在はほとんど肉体を想像させない。特にアリサは、「上演のためのノート」のなかで、作家によって「アリサは、中背か、むしろ小さめなほう。子どもっぽいのではなく、子どもそのものである」と規定されているように、森の空気の精とさえ呼びたくなる存在だ。トルとアリサは、ふたりのあいだの夫婦という関係をステーンを含む関係へと開いていき、ステーンはそれを自明のことのように受け入れる。夫婦は、眠れないままホテルの庭を歩く「ステーンに見せるために」寝室の窓を開け放ち、灯りをつけたままにしておく。アリサとステーンの会話だけで示されるこの場面は、しかしながら鮮烈なイメージを誘う。といっても、それは肉体がまといつくイメージではない。灯りがともる寝室の開け放たれた窓を通して、室内の空気と庭の空気がひとつの緑の風となって循環するのが見えると思うだけである。そして、ほんとうに緑の風が吹いているだろう森は、ホテルのすぐ側にあるのだが、「みんながこわがるから」「危険な」その森に入ったものはまだ誰もいない。

「森へ行ってみません？[1]」

リフレインのように、ときおりエリザベートに囁かれるアリサの誘惑の声。物語の要はここにある。エリザベートを森へ誘うためには、森を恐れるエリザベートが破壊されなければならない。彼女のなかの空白がさらに拡がり、エリザベートについには、

「わたしは気が変になってきているわ[2]」

と言わせること。これが破壊の意味である。

エリザベートが「変になりだす」徴候は、四人でトランプをする場面から徐々にはっきりしてくる。ありきたりのゲームの時間のなかで、破壊が進行する。エリザベートは、あざやかな手つきでカードを配る。グルノーブルの金持ちの人妻にとって、日曜日の午後のトランプは社交界の大事な習慣である。三人とのトランプでエリザベートは初めて笑う。しかも彼女ひとりがよく笑う。三人が「ゲームの規則」をぜんぜんわかっていないことが、彼女の笑いを直接引き出していることは疑いない。しかし、彼女は彼らのやり方に「ますます驚く」こともあるのだから、めちゃくちゃのままゲームを続ける彼らにある種の不審を抱いたり、場合によっては不愉快を覚えたとしてもおかしくない。そうした状況で、実に愉快そうに笑

えるのは、「ゲームの規則」に精通している者の単純な優越感がそうさせる以上に、彼らとともに踏みはずすことの快感を、わずかながらも感じ始めているからにほかならない。このトランプの場面は、他の場面からことさら際立つ表現を与えられているわけでもないのに、なぜか読者に最も緊張を強いる。三人組はいいかげんにゲームをしているわけではない。なかでもステーンは特に真剣である。「ゲームの規則」を知らない者が敗けると決まっているゲームを、彼らはまじめに続ける。

一方でエリザベートは、彼女が精通しているはずの「ゲームの規則」を破壊する力が自分のなかにも侵入し始めていることを、それと自覚せずに受け入れだしているのではないか。

四人はゲームをしながら話している。というより三人が質問をし、エリザベートがそれに答える。トランプの場面に限らず、このパターンは一貫して崩れることがない。これは、精神分析医が患者にただ問いかけることによって、患者が自身を知るようになる治療法を思い起こさせさえする。とはいえ、逆にエリザベートが彼らに向かって質問を発することもないわけではない。

「ごめんなさい。あなたたちは、たぶん外国へいらっしゃるんでしょう」

「もっと遠くですよ」とステーンが言う、「そうじゃないか?」――彼はアリサに話しかけている。

「ええ。もっと遠くよ(3)」

エリザベートは去年はイタリアへ行ったという。ヴェニスへ行ったという。

「ええ……わたしたち、ごめんなさい……よく覚えていないけれど……ええ……ヴェニスへ行ったんです」

「それともナポリですか？　ヴェニス、それともナポリ？」

「それともローマ？」

「それはおかしい」とステーンが言う。彼らはいかめしい顔つきで彼女を見つめる。

彼女の手札が落ちた。

「それじゃ、わたしの勘違いかしら？」

「完全にそうですよ」

彼らは待っている。彼女を眺めている。

笑いがはじまる。(4)

ヴェニスとローマの位置関係からいって、ヴェニスからローマへ向かうことはありうるとしても、ヴェニスから「ローマ経由で」帰ってくると語ること自体はおかしなことである。ステーンとアリサが自分たちは外国よりももっと遠いところへ行くのだと語るおかしさに近づいている、といえるだろう。エリザベートのなかで、あきらかに秩序の混乱が生じ始めている。そればかりではない。彼女の語る産科医との「関係」のなかにも、フィクション、虚構が混じり始めることになる。

このような形で露呈するエリザベートの混乱と笑いは、三人組にとって悪い徴候ではない。彼女のなかの秩序＝ゲームの規則が崩壊することは、彼女が三人組の側に立つことを意味するからだ。そのとき初めて、四人は誰も行ったことがない、あの森へ出かけていくことができるだろう。これが「破壊すること」の意味であるとすれば、破壊することは、愛することと同義になる。語義がはらむ荒々しい力はそのままに、なおかつ、破壊は三人にとって愛以外のなにものでもなくなる。

こうした愛が、可能性よりもはるかに強く不可能性に運命づけられていることもまた、否定し難い。エリザベートは結局、森へは行かない。予定を早めてまで、夫の元へ帰る。破壊の徴候は十分にあったのではあるが……。

徴候はあったのよ……戦慄みたいな……いやそうじゃない……めりめりという音がするような……あの音は……。

「体の音だ」とステーンが言う[5]。

「破壊」は失敗に終わったが、三人組は「森への誘い」をやめるつもりはない。

「あなたをだって、わたしたちは愛することができるのよ[6]」

エリザベートを迎えにきた彼女の夫に向かって、アリサは言う。アリサはさらに、こんな言葉をエリザベートの夫に突きつける。

「彼女は、あなたをだって愛せたかもしれないわね」とアリサは言う、「もし彼女が、愛することを知ってたら」

沈黙。

「そうかもしれません」とベルナール・アリオーヌは言う――彼は微笑した[7]。

「ゲームの規則」に通暁している者のこの微笑に打ち勝つことが容易であろうはずはない。だからといって、蛮族の末裔のようなこの三人組は、何事もあきらめているわけではないし、何事かを性急に求めているわけでもない。彼らは、たとえば絶望という言葉さえ知ってはいないだろう。

エリザベートが夫とともに去った夕暮れ、安楽椅子に体を伸ばしているステーンの膝の上で、アリサは眠っている。音楽が聞こえてくる。森のほうから聞こえてくる。音楽の旅はしかし困難をきわめ、さまざまな妨害にあっているらしく、中断されたり、遠のいたり、また戻ってきたりする。

「これから森にたどり着き、あの森を通り抜けて、進んでくるんだ」とステーンが言う。彼らは、音楽と音楽の合間を見て、アリサの目をさまさないように静かな声でしゃべっている。

「この音楽は、木立を粉砕し、壁を押し潰してゆかなきゃならないんだ」とステーンがつぶやく。「ほら聞こえてきたぞ」

「これでもう大丈夫だ」とマックス・トルが言う、「ほんとうに聞こえてきた」事実、音楽は木立を粉砕し、壁を押し潰してゆく。

彼らはアリサの上に身をかがめる。眠りながらアリサは、澄みきった笑い声をあげて子どものような口を突き出す。

彼らは、彼女が笑うのを見て笑う。

「この音楽はステーンのものといえるわね」と彼女は言う。(8)

物語はこのように終わっている。比類のない美しさを獲得しえたテクストの構図自体は、いままで見てきたかぎりでは単純だといえるかもしれない。もちろん、物語の構図は単純だといったところで、それは当然、主題の重さとは関係のないことである。むしろいくつかの、少なくともひとつの重要な主題にはあえて触れないできた。それは、書くこと―書かないこと、という『モデラート』以来、いつも物語の通奏低音となってきた、主題である。すなわち物語のなかで、もうひとつの物語が登場人物たちによって形成されていく気配が感じられるということだ。『破壊しに』では、アリサが、書くのはステーンである、だから、私たちは書かなくていいという、その主題である。といっても物語のなかで、ステーンはまだ作家ではない。いまここでいえることは、来るべき作家ステーンの作品は、アリサが「この音楽はステーンのものよ」というような音楽（ジャンルとしての音楽でなく）であるべきだ、と作家デュラスは考えているのだろうということだけである。書くこと―書かないこと、そして音楽――この主題のなかに入っていくときこそが、真の意味でデュラスの世界に入っていくときであるかもしれないという予感を抱きながら、とりあえず私たちは、デュラスが言語によって開示する、制度的言語を超えようとする世界のなかで、最も深く鋭い言語的快楽を経験しつつあるのだと告白することができる。

第8章

『太平洋の防波堤』

——デュラス誕生の地

「暑いのよ」、「誰だって暑いんだよ」

仏領インドシナ。妹が、つい言い訳のようにつぶやくと、兄がはき捨てるように言い返した。インドシナの僻地のバンガローの上である。大地の暑さ、母の狂気の熱、上の兄の殴打による頬の火照り、思春期の少女の体温――マルグリット・デュラスのインドシナを舞台にした作品は、「熱」のなかにある。

植民地に教師としてやってきたフランス人夫婦の息子と娘は、二十歳と十七歳である。現地生まれのふたりにとっても、東南アジアの暑さと湿気は耐え難いものにちがいない。マルグリット・デュラスは、この耐え難い猛暑の地で熱狂的な少女時代をあえぎながら、しかしいきいきと生きていた。作家になることを早くから心に誓っていた彼女は、本国フランスに帰ってから数年後に書き始めた。美しい筆跡のそのノートの一片も公表されている。(1)

書きたい、という欲望は少女時代にすでに抱いていたという。書くのだ、という決意のなかでデュラスの文学が始まったのは、インドシナを舞台にしたこの『太平洋の防波堤』からである。ほぼ同じテーマの『厚かましい人々(2)』が先行して書かれているが、舞台はフランスであり、風土の違いは決定的である。また一九七七年には、『太平洋の防波堤』を戯曲化した「エデン・シネマ」[3]が書かれている。そして何よりもマルグリット・デュラスの名を広く世界に知らしめた『愛人──ラマン』[4]が発表されたのは、晩年の八四年だった。その後日談ともいうべき作品『北の愛人』[5]も含めて、インドシナを舞台に、少女を主人公にしていることれらの作品群は、自伝的要素が濃い。さらにもうひとつ、少女が見つめたインドシナの白人世界を描いた小説・映画の『インディア・ソング』（一九七三年）がある（一九七五年に映画化）。自伝的要素を多く含む創作すなわち小説を「伝記的事実」と混同してしまうのはままあることだが、それが「文学作品」の味読の質をいささかでも低下させることになるのか、ならないのか、と、読む者が当惑する最たる作家がデュラスである。しかし、作家自身の人生と絡み合わない文学作品などありえないだろうと読者に確信させる作家も、デュラスである。

デュラスの場合、作品以外にもエッセーや対談などで、人生の始まりとなったインドシナの生活を繰り返し語っている。インドシナ物とでもいうべきものの頂点に位置するのが『愛人』だが、彼女自身が、実際に体験したことと自分の創作世界を後になって一緒くたにしている気配も濃厚である。ここに至って、デュラスを読むということは、彼女によって書かれ、語られたことをすべて彼女の真実であると受け止めることであり、そう受け止めることが読者の喜びともなるのである。とはいえ、たとえば『防波堤』のシュザンヌの顔が少女時代の作者の顔と重なるなどということはなく、シュザンヌは読者各人が思い描く顔立ちをしているはずだ。伝記的素材からひとつの物語が生まれ、物語の誕生とともに文体が育っていく。

ここで取り上げる『太平洋の防波堤』には、その後の「インドシナ物」で繰り返し語られる主要素がほとんどすべて語られている。その源泉として「母」と「兄」がある。そして自伝的要素とは言い切れないかもしれないが、いわば「盗み見る」という現象もある。「母」と「兄」に関しては、作中でも肉声でも、デュラスは死ぬまで彼らのことを語ってやまない。「盗視」あるいは「遠くからじっと見つめる」という現象に関しては、たとえば映画『インディア・ソング』の若い女ふたりのオフの声は、場面の外にいて「見ている」存在である。外から見ている――これもインドシナでデュラスがいつもしていたことにちがいない。アンヌ・マリ・ストレッテルも大使館も、少女だったデュラスが遠くから垣間見たものだった。「見る、見られる」は「インドシナ物」だけでなく、すべての作品の中心に位置する力学といえるだろう。彼女が映画を撮りだしたのも必然である。

『防波堤』では、少女が見られる側にある。ムッシュー・ジョーに入浴中の姿を覗き見することを許すのである。「見る」「見られる」は目の欲望そのものであり、デュラスの作品はすべて、この目の欲望に貫かれているといってよい。かつて「見たもの」が網膜に鮮明に焼き付いていて、その像をなんとしてでも文章として留めたい。デュラスの文学は思念よりもはるかに強烈に、像――イマージュ――から生まれたのである。

『太平洋の防波堤』では、十七歳で本国へ帰国したデュラスがほぼ生涯にわたって書き、かつ語った、彼女のインドシナでのすべてが描かれているといえるだろう。作品として語られ、作品外でも語られるデュラスの生涯につきまとっていたイマージュは、先に触れたように、母親と優しい二番目の兄だった。デュラスに最も深く植え込まれた根は母親である。根である母親は憤怒そのものであり、その憤怒の最初の茎として伸びていったのが小説『太平洋の防波堤』だった。

マルグリットの父親は彼女が四歳のときに本国で病死している。父親はいくつかの現地学校の数学教師で校長も務め、最後はハノイの生徒数七百人という大規模な中学校の校長にまでなった。それでもデュラスは後年、現地のフランス人社会では自分の家族は底辺にあったといっている。そうした一家の生活を立て直すため、母親は全貯蓄をつぎ込んで、現カンボジアの海の近くに、耕作不能と知らされずに払い下げ地を買ってしまった。満潮時に海水に浸されるたんぼと、母親はどれほど死闘を繰り返したことか。それは文字どおり泥との戦いだった。このことは、元インドシナ総督アルベール・サローが一九三〇年に刊行した『インドシナ』[6]でも証言している。Ｂ４サイズで本文わずか二十二ページのこの本に、これも当時、極東フランス語学校職員だったシャルル・ロブカンが九十六枚もの写真を提供している。「世界の姿第三集」とあるところを見ると、総督の文章のほうが添え書き的な位置にあるのかもしれない。しかし、写真の多くがフランス人（ヨーロッパ人）の目を異国に引き寄せる意味をもっているのに対して、総督がとりわけ大河メコン河口のデルタの土地改良にいかに苦労したかを述べていることに注目したい。わずか二十二ページで報告されているカンボジア、ラオス、ベトナムのうち、とりわけベトナムとカンボジアのメコンデルタ地帯は当時、どこもかしこも泥で覆われていたのである。

総督の短い文章のなかに記されている「泥」に関連する語句を抜き出してみると、「メコン河の沖積地」「水浸しの森」「言語を絶する悲しみのこの湿地帯」「ミョウバン液に浸して塩抜きする土地」「超人的泥さらい作業」「泥の平原」「分厚い堤防をもしばしば決壊させる大河」といった具合である。もちろん、これら「乾燥と洪水」の繰り返しは、「疫病」と「飢饉」と「飢餓」をもたらした。そのうえ、「司法の不備」「無知」「買収」が人的濁流を膨張させ、その濁流に母親と三人の子どもの運命は飲み込まれていったのである。

ちなみに、マルグリットの父親を一九一七年にハノイの保護領中学校に赴任させたのは、ほかならぬこのアルベール・サロー総督であり、赴任先の学校のすぐそばに建築中だった高等学校（リセ）も総督の名が冠せられることになっていたという。インドシナの泥との格闘を記した総督は、一九〇一年に結成された急進社会党の党員でもあった。

運命の過酷さが生活の外側にも内側にもあったのに、写真で見る家族の肖像にはその片鱗もうかがえない。母親は家族の写真を撮らせるのがことのほか好きだったという。そうして撮られた写真はもとより、デュラスは生涯にわたって、折に触れて撮られた写真を数多く公表している。個人的なものであれ、たとえば映画撮影中のほぼ公のものであれ、写真をこれほどまでに人目にさらした作家が他にいただろうか。

母親の、家族を写真に刻印しておくことへのこだわりが、のちのデュラスの映像へのこだわりに何らかの影響を与えたかどうかは、将来的に考えてみたい興味深いテーマである。インドシナで撮られた少女マルグリットの美しさには、誰もが息をのむ。そして晩年の彼女自身が「これは十六歳のわたし」「これは十八歳のわたし」と指差すこの少女は、自分が美しいことを知っていた。そして、この美しさが、母親の経済的窮状を救えるかもしれないということも。「わたしは十八歳で年老いた」というとき、デュラスは真実だけを語っているのである。『愛人』の予告をもすでに含んでいるのが、『太平洋の防波堤』である。

「母」

「鴫をお食べ、シュザンヌ」「胸をむかつかせて、小刻みにかじってゆく(7)」

どこの国のどんな母親も、まずは子どもに向かって発する「お食べ」の言葉をシュザンヌの母親もやさしく口にするが、この母親は憤怒ゆえの失神にしばしば襲われる身だった。夫の死後、全蓄財をはたいて手に入れた土地がまったくの泥田であり、どんなに補修を試みてもどうにもならないと知った果ての発作である。彼女はもちろん、「土地管理局長殿」に長い嘆願の手紙を送付した。原文でも訳文でも十一ページに及ぶこの嘆願書の部分こそ、デュラスがこの作品でいちばん書きたかったところ、書かずにおくものかと執念を燃やしたところだったにちがいない。一九七七年十月二十五日、ルノー・バロー劇団が初演した『エデン・シネマ』でも、母親を演じたマドレーヌ・ルノーは、この嘆願を声に乗せること、実に脚本六ページ分だった。

失礼をもかえりみずまたまたお手紙さしあげます。私の要求しておりますのは、御承知のように微々たることでございます。私のバンガローのまわりの五ヘクタールの土地を永久払い下げ地としてお認めいただくことです。この土地はよくご存じの、完全に利用不可能なほかの払い下げ地とかけはなれた位置にあります。（略）五ヘクタールのおかげでもって、貴方がたはこの払い下げ地を、もう四回にわたって、そのつど異なった希望者、貴方を買収するだけの資力を持たない憐れな貧乏人たちに割り当てることができたのでした。この事実を、私はどの手紙のなかでも幾度となく、貴方がたに喚起しておりますが、私がこの不幸を蒸し返して飽きないのはいたしかたないことではありますまいか。私は貴方の破廉恥行為に絶対慣れますまい。私が生きている限りは、最期の息を引きとるまで、いつまでもこの件を貴方に語るでしょう。（略）私の生涯、私の青春の十五年のあいだ毎日毎日蓄えていった金と引き替えに貴方が私に与えてくれたのはなんだったのでしょうか？　塩と水の廣野です。そして貴方は、私が貴方に金を提供するのを黙って見ていました。（略）貴方のことをこと細かく、その方法、やり口について知っている者も二百人はいるのではないでしょうか。長い時間をかけ、辛抱強く、貴方がどんな人間であるかを彼らに説明し、貴方のような人種に対する彼らの憎悪の火が消えぬよう情熱をこめて焚きつけているのはこの私でございます。（略）ですからまさに息を引き取るというときになって、私は農民たちにこう言うかもしれません。「もしあんたたちのうちの誰かに、死ぬ前のあたしに最期の楽しみを与えてやりたいという気があったら、カムの管理局の三人の役人を殺してもらいたいね」（略）ここでは死んでゆくいとけない子供の数があまり多いため、彼らは小屋の下の、田圃の泥の中へじかに埋められます。（略）貴方がたが渇望し、農民たちから取り上げる土地、この平野で唯一の肥沃な土地には、子供たちの屍体が充満しているのです。(8)

これが母親の書き送る嘆願と呪詛の一部であり、長い引用となったのも、物語全体がこの母親の絶望から紡がれていくことが明らかだからである。息子ジョゼフのふらつきぶりも、娘シュザンヌが自分の若い肉体に男の視線を意識するのも、すべては母親の苦悩のまわりをあてどなく、ぐるぐる回っているからである。母親を見つめる子どものさまよいの物語が、『太平洋の防波堤』だといえるだろう。暑かろうと、鴫が胸をむかつかせるほどまずかろうと、子どもにとっては、どの世界のどの子どもにとってもそうであるように、そんなことは二の次であるはずだ。母親が苦しんでいるのを目にすることが、子どもが全世界に向き合う始まりだった。そしてこの作品は、不当に金を搾取された母親を金を得ることによって救えるかどうかの瀬戸際にいる息子と娘の、肉体と心のさまよいと読むことができるだろう。

泥田に囲まれたカムのバンガローで暮らす親子三人がたまに遊びにいく港町ラムで、彼らはムッシュー・ジョーに出会った。親子三人にとっての獲物である。この獲物はジョゼフが夜の密林で狙う小動物ではなく、現地人の大企業家の一人息子である。二十五歳ぐらいの、北部のゴム栽培者である。この若者は、シュザンヌの目から見れば「想像力のかけらも持ち合わせていない」「およそどんなことにも向かない」男だったし、外見も、ジョゼフの言葉を借りれば「エテ公」だったが、親子の狩りの射程に入るべくして入ってきた。彼はジョゼフの羨望の的であるパリから持ち帰った最新の蓄音機をもっていたし、シュザンヌが目を奪われるダイヤモンドまで身に着けていた。母親は、この男が娘に求婚してくれればいいと願っているために、逆に慇懃無礼な態度でそれとなく安南人の青年を自分の娘へと誘導していく。しかしその後の展開は、読者も暑さと錯綜する彼らの足取りに翻弄されて、登場人物同様よくたどれない。すべてがもうろうとしていくのだ。ジョゼフはしばしば姿を消すし、シュザンヌはどこかを目指して歩いているのだが、それがどこかを読者が追ってみてもまるでわからず、シュザンヌと一緒に歩き回ることに疲れるだけである。とはいえ、作者はジョゼフが金持ちの女と過ごしている場所をちゃんと書いているし、シュザンヌがその兄を捜し歩く足取りも追っている。また、カルメンがどういう生業の女かも書いている。つまり、デュラスはこの作品において、物語を構成する要素をすべて、ことこまかに書き込む手法をとっている。

「インドシナ物」の作品には同じ挿話が繰り返し登場するが、『太平洋の防波堤』だけが「すべてを書き込む」手法で貫かれている。つまり、デュラス的文体はまだ萌芽を見ていない。以後の作品では「インドシナ物」も含めて、どのように書くかという文体の問題が比重を増していくが、ここではそのことには触れないでおく。その後の作品でも繰り返し語られる挿話をできるかぎり掬い上げていくことで、インドシナでどのような事柄が彼女の目と心に深く刻まれたのかを少しでも感じ取りたいからである。

そのひとつは「母」だった。作中の母も現実のデュラスの母もほぼ同じである。たくさんの写真で読者にとって身近なものとなっているこの母親については、作品以外の場でもたびたびデュラスが言及しているので、ここに繰り返すまでもないだろう。デュラスの母はフランス本国で亡くなっているが、シュザンヌの母は物語の最後にインドシナで死んでいる。シュザンヌは母親が生きているときから、たびたび「ここを出ていくわ」と口にする。初めて性交渉をもった男とも、こんな言葉を交わす。


「なにが望みなんだい？」とアゴスティは訊いた。

「ここから出て行くことよ」

「誰とでもいいのかい？」
「ええ、誰とでもいいの。考えるのは、それからあとのことよ(9)」

ダイヤモンドも、それをくれてやろうという安南人青年も、少女にしてみれば、自分が母親の目になって見ている存在である。本人にとって、それらはどうでもいいものだった。現に、少女はダイヤモンドを自分のものにしないし、ムッシュー・ジョーに体を与えもしない。子どもの目に映る母親はやさしく「お食べ」と言い、乞食女に押し付けられたものの、餓死から救えなかったいとけない子どもを抱きながら号泣する、世の理不尽に怒り狂う母親である。シュザンヌが出ていくことで捨てたいものは、母と兄との生活であるよりは、目の当たりにする母の苦悩そのものだったといえるだろう。デュラスの生涯にわたる愛憎のひとつが「母」である。

「兄」

この作品の兄の原型である次兄も、デュラスの心を去ることはなかった。デュラスにはふたりの兄がいたが、長兄はこの作品には登場しない。下の兄に対しては、ほとんど近親相姦的ともいえる愛情を吐露してはばからないデュラスだが、上の兄に対する感情はかなり複雑なものだったと思われる。

私にとっての上の兄という、抜きさしならぬ事件のとばっちりには、手を触れないでおきたい。彼は、運命やいかなる宿命もそうであるように、不当かつ卑劣であった。彼の私に対する苛酷さには、何かしらの完成度、底の方に純粋なるものを含んでいた。(10)

灼熱と貧困の風土、母親の狂乱、長兄の暴力的存在は、デュラスの未来の文体を決定したかもしれないほど大きなものだった。

どんなことにもせよ、私は説明したことなど一度もなかった。私の家族の全員がそうだった。どんな場所、どんな環境においても、言葉の厚顔無恥さに対するかくも鋭敏な感覚に出会ったことはまったくない。言葉が、なすべき行動、表明されることを求めている状況を指示すること以外に役立ったことは皆無なのだ。罵詈雑言が無償の行為の最たるものであった。罵り合いをしないでいることもできたかもしれないのに、お互い罵り合ったのは、詩的精神の名においてだったのだ。わが家においては、言葉というものが、心の状態を描写するためや、嘆きを表明するために使われたためしは一度もない(11)。

デュラスが早い時期から言葉をこのようなものとして摑み取ったことは、きわめて重要である。『太平洋の防波堤』の文体はさておき、以降、デュラスの作品ではどんどん言葉が少なくなっていき、さらには断定的な物言いにもなっていく。それしか表現のしようがないという文体で書かれていることを、読者は彼女の作品を読み継いでいくと納得できるのである。この文体に向かって書き続ける端緒に暴力的で残酷な長兄がいたが、その兄は『太平洋の防波堤』には登場しないが、『愛人』と『北の愛人』には、母親に溺愛されるただひとりの子どもとして、暴力と脅威そのものとして登場する。

「遠くから見ること」

デュラスの以後の作品にも表れる第三の要素は、「盗み見」「覗き見」ともいうべき「視線の語り」である。シュザンヌはムッシュー・ジョーに泣かんばかりに懇願されて、バンガローの暗がりで体を洗うところを見るのを許す。少女が、捧げられたダイヤモンドや彼がパリで特別に注文して作らせたという自動車に目を奪われるのは当然のことだろう。しかし目を奪われたからといって、それが欲しいというわけではない。ダイヤモンドが母親の経済的困窮を救うものであることは十分知っている。だが、ダイヤモンドはもうこちらのものなのだから、ムッシュー・ジョーを誘惑する必然性はまるでない。つまり、見せる快感だけが求められたといえるし、それは美少女の積極的な欲求だろう。

彼女のほうもまた見られるだけの値打ちがあり、戸を開けさえすればいいことなのだ。そして、この戸のうしろにこうしている女性を見た男は、世間にひとりもいないのだ。彼女が生まれてきたのは、隠れているためではなく、その逆に見られるためであり、そうすることによって世間に乗り出してゆくことになるのだ――このムッシュウ・ジョーという男もやはりそこに属している世間に(12)。

少女は誰でも、きっかけはそれぞれだとしても、シュザンヌと同じようにいままで知らなかった「男の属している世間」を感知する瞬間に出くわすものである。シュザンヌが「世間の戸」を開けようとしたそのとき、ムッシュー・ジョーは懇願の切り札を口にする。

一秒でいいから開けておくれ、そしたら蓄音機をあげるから。こうして、彼女が扉を開いて世間に自分の生身をさらけ出そうとしたその瞬間、世間が彼女に売春を強いたのだ。(略)「さあ、わたしの裸体を抱いてくれたばったらどう」と彼女は言った。[13]

「視線」という主題はこのように、少女シュザンヌにすでに芽生えている。先にも述べたように、『太平洋の防波堤』はデュラスの処女作といってもいいが、物語として十分に興味深いとしても、後年の彼女の文体を特徴づける要素はまだ見られない。そのことによって、完成度が低いと評価することもできるだろう。シュザンヌがムッシュー・ジョーに裸体を垣間見させる場面にも、まだあまり深い意味は託されていないかもしれない。しかしこの作品を書いた時点で、すでに、無意識的にであれ、「視線」は間違いなく創作の中枢に位置していたといえるだろう。「わたしの裸体を抱いてくれたばったらどう」の激しさからは、少女シュザンヌ本来の気質と、作家の「視線」についての自覚が明らかに読み取れる。

物語を導いていく「視線」の重要性は、その後のデュラスの全作品を貫いていく。「視線」そのものが物語を誕生させ、文体を練り上げていくといってもいい。その究極の形が、映画『インディア・ソング』になるであろうことは、当然の流れである。

第9章

映画『インディア・ソング』

――あるいは愛の亡霊

映画『インディア・ソング』誕生まで

映画史上、革命的な手法で作られたと感じさせる映画『インディア・ソング』（一九七五年）の物語がどこからきたかをたどることは難しくない。若い男とけだるく踊っている女、若い男ふたりと床にぐったりと横たわる女、さらに数を増した男たちに囲まれて寝椅子に横たわる女、アンヌ＝マリ・ストレッテル。すべてがこの女から始まる一連の物語世界はすでにあった。

『インディア・ソング』の物語の世界では、それ以前に書かれた小説作品『ロル・V・シュタインの歓喜』（一九六四年）、『副領事』（一九六五年）、『愛』（一九七一年）の三冊が背景になっていて、そこから『ガンジスの女[1]』、『インディア・ソング』（一九七五年）、『荒涼たるカルカッタでヴェネチア時代の彼女の名前を[2]』という三本の映画が誕生した。すべての作品の原点に位置するアンヌ＝マリ・ストレッテルは、『愛』とその映像化である『ガンジスの女』には登場しないが、原点であることにかわりはない。残念ながら、『ガンジスの女』だけは見る機会をいまだにもてないでいる。しかし、この作品は小説『愛』から生まれ、台本も発表されているので（一九七三年）、映像もかなりの程度、想像することができる。『荒涼たる』のサウンド・トラックは『インディア・ソング』とまったく同じであり、撮影現場が、放置されたままだったロスチャイルド家の館であることも同じだが、『インディア・ソング』の後のすさまじいまでに荒廃が進んだ館を、これまた同じブリュノ・ニュイッテンのキャメラが、まるで十数センチきざみの速度で移動しているのではないかと思えるほどゆっくりと映し出していく。ここには誰ひとり登場人物はいない。廃墟と画面の外からの「声」だけからなる映画である。

デュラスが「自分の生の最も深いところから生まれた」という物語『インディア・ソング』は、ロンドンのナショナル・シアターの支配人ピーター・ホールの依頼によって、一九七二年八月に書かれた。つまりこの物語は、戯曲・テクスト・映画という三つの形で語り継がれてきたのである。そして先に述べたように、『インディア・ソング』には『ロル』『副領事』『愛』の物語が前後左右から絡み付いていて、映画『インディア・ソング』は言ってみれば、生い茂る大きな樹のてっぺんで風に揺れているこずえだと形容できるかもしれない。物語としては、こずえのてっぺんに位置するかもしれないが、映像としては、かつてどんな映像作家も発想しなかった、画面の外からの声を映像に寄り添わせた。

「声」の誕生

「声」は映画『ガンジスの女』から登場する。

声1「彼女はどこに……ほら、見て……?」
声2 間「だれか海辺を歩いているひとがいるわね……。」
声1「おんなのひとかしら」
声2「ええ。だれかを追っているのよ」
声1 間「あの旅の人を」
声2「そうよ」
声1「なぜ、彼を追いかけているのかしら」
声1「彼女は動く者を追うのよ…歩いてゆく者を……。」(3)

立ち去ろうとする者、正しくは自分を捨てて別の女と行ってしまう婚約者、そして、彼らの後についていきたいと絶叫し、気を失ってしまったロル・V・シュタインがいまは狂女として海岸をさまよっている。

そして、映画『インディア・ソング』の声は次のように語りだす。

声１「彼は彼女のあとを追ってインドへ行ったのね」
声２「ええ」
声１「彼女のために彼は何もかも捨ててしまったの。一晩のうちに」
声２「舞踏会の晩ね……？[4]」

三冊の本と三本の映画にロル・V・シュタインとアンヌ＝マリ・ストレッテルのふたりの女が登場するきっかけについて、デュラスは次のように明言している。

ロラ・ヴァレリー・シュタインがどこから生まれたのかわからない。
でも、アンヌ＝マリ・ストレッテルがエリザベス・ストリデールだということならわかっている。[5]

アンヌ＝マリ・ストレッテルのモデルとなった女性が実在していたことはデュラス自身が公表しており、そのこともちろん興味深いが、デュラスが彼女を間近に見たことが一度もなかったことのほうがより意味深い。

その女性、エリザベス・ストリデールという名の大使夫人を、デュラスは「いつも庭園の柵越しや、行政管理局のサロンのなかで催される祝宴の折に垣間見た」だけであった。植民地で暮らす同じ白人とはいえ、デュラスたちとは別の世界に住んでいた。

その、いつも柵の向こうにいた大使夫人のことと、彼女のとりことなって自殺した青年がいたという話を、デュラスはしっかりと記憶に留めていた。

遠くから見つめること、垣間見ること――これはデュラスがインドシナで強いられた視線の決定的なありようである。この「視線」の一端については、前章『太平洋の防波堤』で少し触れた。その「遠くからの視線」に「声」が寄り添う映画である『インディア・ソング』が観る者にするどい痛みを覚えさせるのは、それが「三重の遠さ」を感じさせるからにちがいない。垣間見ること、外からの声、スクリーンに映し出される世界は、もう立ち去ってしまった物語であること。しかも、このすでに「立ち去ってしまった物語」に一度も加われず、遠くから思いめぐらせるしかない者たちの目は、その物語を映像でたどることしかできない。物語をさらに遠くから、「声」に誘われて私たちが観ているのである。

ロラン・バルトは、写真論の名著『明るい部屋』(6)で語っている。写真の本質は「それは＝かつて＝あった」ということである、と。『インディア・ソング』と『荒涼たる』は、バルトの言葉の真実を映像であらかじめ現前せしめたものともいえるだろう。

ふたりの若い女が、たとえようもなくやさしく静かな声で、画面の外から、ひとりが問い、ひとりが応える。彼女らの声は映画の始めに聞こえ、その後もときおり、甘く控えめに聞こえる。画面上の人物たちが交わしていることになっている声は、ほとんど棒読みのような音調で、やはり画面の外から聞こえてくる。デュラス本人のしわがれ声もこの映画に参入している。少女ふたりは、少女時代のデュラス本人と女学校の寄宿舎仲間のエレーヌ・ラゴネルだと、観る者は考えてもいいだろう。『愛人』のヒロイン＝デュラスはエレーヌ・ラゴネルに対してほとんど同性愛的な感情を抱いていた、と書いている。エレーヌという少女はふくよかでおっとりしていて、自分では誰をどうかばっているのかも知らないまま、中国人の愛人との逢い引きから帰ってくる友達をかばっていたらしい。しかし、声のふたりを特定することに大きな意味はない。

ふたりの少女が画面の外からうかがっているのは、植民地、東南アジアの暑さのなかで無為と倦怠に病んでいるフランス人社会である。しかもそれは、貧困にあえぐデュラスの家族にはわからない、垣間見るだけの外交官たちの世界だった。その世界の中心にアンヌ＝マリ・ストレッテルはいた。なぜ中心にいたのか。それは、デュラスが少女時代に遠くから魅せられた女性だったからである。少女は、この女のためにひとりの男が自殺した、と知って衝撃を受けた。見たところ、女は自分の子どもたちにやさしく、赤い自転車に乗っている（赤い自転車は、映画『インディア・ソング』でも『ヴェネチア時代』でもテニスコートのそばにたてかけられている）。植民地に生きるこの女に少女デュラスは初めて、自分の母親とは違うヨーロッパの大人の女を見たのだろう。しかもそれは、ひとりの若い外交官に死を選ばせるほどの情熱をかきたてた女である。

アンヌ＝マリ・ストレッテル、あるいは「空白」「無」「穴」

グザヴィエール・ゴーティエとの対談で、デュラスは「空白」「無」「穴」という言葉をしばしば使っている。書きたいと思うことが自分の頭にやってくる順序は、措辞法（つまり文法で、主語、述語、目的語の語順でやってくるもの）ではなく、単語がいきなりやってきて、頭のなかは「空白、無、穴」、つまり「からっぽ」だというのである。たとえば、Regarde、は文法どおりであれば、regarder という動詞の活用形なので、「見てちょうだい」という命令形である。しかし、Regarde はまた、一人称の「わたしは見る」、三人称の「彼は、彼女は見る」、となる活用形でもある。この場合は、主語が飛び去ってしまっていることになる。命令形ではないのに主語がないという文章は、フランス語ではありえない。しかし、デュラスはこれをやっているので、読者はときどき、頭のなかが疑問符だらけになるのだ。

この文法の無視は、最初は彼女がいうように自然発生的に脳裏に浮かんだのかもしれない。しかしその後、いつどのように意識したかはともかく、堅牢たるフランス語文法に対するデュラスの文学的な戦略、革命へののろしになったのだろう。なぜなら、「措辞法をきびしく拒否する」とデュラスは言明しているからである。文法なんか二の次よ、と言い放っているのである。こう語っているゴーティエとの対談集『語る女たち』は、いま読み返してみると少なからずフェミニズム運動の流れのなかにある。ゴーティエの話のもっていき方に影響されているのかもしれない。そうだとしても、デュラス自身も自分の女としての経験と省察から、男性性に由来するとデュラスが捉える「文法」の無化に向かっている。この「文法の無化」は、アンヌ＝マリ・ストレッテルというひとりの女によって体現されているといえるのではないか。アンヌ＝マリ・ストレッテルとはまさしく、空白であり、穴なのである。

「穴」「空白」は侵入してくるものを拒めないし、拒まない。まったくの受け身である。見たところ、アンヌ＝マリは何人かの若い男と通じているようだし、夫である大使もそれを黙認しているようだ。現実世界でこのようなことは十分ありえる話だろう。しかし、この大使夫人アンヌ＝マリはそこにとどまらない。彼女はものを書きたい夫、つまり大使に向かって、「書いてはいけません、このままこちら側に留まりましょう」というのである。大使が書きたいと思っていることが何であるかは、誰も知らない。フランスの田舎で過ごした少年時代のことかもしれないし、パリで外交官となるため勉学に励んでいた青春時代のことかもしれない。それが何であれ、何かを書きたいと思っているいま／ここは、暑いインドシナの、けだるいフランス人村である。したがって、いま／ここインドシナに生きる自分そのものが、書きたいと思っているものに投影されないはずがない。しかし、大使が妻の助言を受け入れたかどうか、その顛末はデュラスの作品に何の痕跡も残していない。映画のなかで大使は、寝椅子に横たわる妻を取り囲む若い男たちのなかに、影うすく紛れ込んでいるだけである。

娼婦性

娼婦は本来、ひとつの職業である。この職業については、それこそ古代ギリシャからの歴史的背景、女性の悲惨な過去の実態など、多くのことが語られてきたし、今後も忘れてはならないテーマである。しかし、デュラスの作品で語られる娼婦性は別の世界のことである。スクリーン上のアンヌ＝マリは毅然とそのことを突き付けてくる。堂々と若い男たちに君臨している。女の娼婦性は、『太平洋の防波堤』のあの少女にすでに見え隠れしていた。しかし、『太平洋』のシュザンヌ、『愛人』の「わたし」というふたりの少女と、『インディア・ソング』のアンヌ＝マリ・ストレッテルでは、娼婦性の語るものが違う。

少女の娼婦性は、家族の貧窮と自分の性へのめざめがたまたま重なって、本人も意識することなく、何となく漂い出てくるようなものである。それに対して、アンヌ＝マリ・ストレッテルの娼婦性は、作者デュラスが意識的に彼女の属性として付与したものである。彼女は「穴、空白、無」として男たちの前にいる。

声２「彼女は、自分を望む男のものとなるの。その気をもった相手に身をまかせるのよ」

声１（間。苦しげに）「カルカッタの淫売ね(7)」

アンヌ＝マリはインドシナの暑熱のなかで、彼女を求める若い男たちを受け入れてきた。ただし、デュラスの作品のほとんどは何らかの意味で男女の愛に関するものだとはいえ、描写においても性愛のにおいが濃厚なのは最晩年の小説『愛人』だけである。デュラスが、作中人物のいわば心理的な、あるいは肉体的な内面に何の関心も抱いていないからである。作者の関心は「関係性」だけにある。この「関係性」というもののなかでしか、アンヌ゠マリ・ストレッテルの娼婦性は理解しえないだろう。

『ロル』から『愛』『インディア・ソング』まで、読者がいやでも感じ取るのは、登場人物たちの「動線」である。映画『インディア・ソング』でも、それははっきりと目に映る。観る者が目にするのは、たとえば若者Aが左下から画面中央に入ってきて、すでに横たわっているアンヌ゠マリ・ストレッテルの傍らに横たわる。そこへ若者Bがスクリーンに入ってきて、Aの隣に横たわる。

この構図は衝撃的な美しさで観る者を圧倒する。アンヌ゠マリ・ストレッテルはふたりの若者の交差点になっていて、しかも裸の上半身をさらけ出し、ふたりに自分を投げ出している。気持ちよくまどろんでいるように。デュラスはかつてどこかで「欲望の三角形」という言葉を使っていたが、ここでは三角形がさらに広がり、ほとんど人類愛をも想起させる。せりふがいっさいないこの映画でデュラスは、人と人との関係性を登場人物の動線だけで描いている。個々の動作はほとんどないし、会話もない。まるで自動人形のように、右から左から上から画面に入ってくるだけである。

ところが映画『インディア・ソング』でのアンヌ＝マリ・ストレッテルは、ラオスから赴任したばかりの副領事と踊りながら二言三言、言葉を交わす。その会話ももちろんオフの声である。彼らの会話に限らず、会話、声はすべて画面の外から聞こえる。先に述べたように、『インディア・ソング』が失われた時の物語であることを、映像と声を添い遂げさせないことによってデュラスは描いたのだ。この映像を見、この声を聞く者たちは、漠然とした、しかし深い哀しみのようなものを覚える。それは、物語によるのではなく、映像と声の乖離という手法によって生じる「遠い時の記憶」によるのではないか。

ともあれ、夫人は社交の儀礼にのっとって副領事と踊る。この機会を逃さず、副領事は大使夫人に宣言するように言い放つ。

副領事　「あなたはぼくと、もうこれ以上先に行く必要はまったくありません。（短い、恐ろしい笑い声）ぼくたちには互いに言うべきことがなにもない。二人は同一人物なのですよ。(8)」

しかし副領事は、他の若い男たちと彼女の夫の宴の場である島には、絶対に行くことができない。そして、島に行くことを許されない彼だけが動きたいように動き、さらに場合によっては、獣のように叫びたいように叫びさえする。彼の咆哮は異様な大音声であり、そのために、副領事を演じた名優マイケル・ロンズデイルを嫌いになった観客もいたそうである。

「今夜は彼女とここに残るのだ。一度だけ彼女とな！　わかったか」

「おれは残ってるぞ！　フランス大使館に残ってるぞ」「彼女といっしょにデルタの島へ行くんだ！　お願いだ。お願いだからいさしてくれ！」(9)

レセプションの夜、外へさまよい出た副領事は、テニスコートのフェンスに立てかけられている大使夫人の赤い自転車のそばでうめき、叫ぶ。副領事に島に来ることを許さないのは、大使夫人アンヌ＝マリ・ストレッテルでしかありえない。彼女は副領事の咆哮に耳を傾け、そしてグランド・ピアノにつっぷす。裸の肩に手を置くのは、マイケル・リチャードソンである。ふたりは、『ロル・V・シュタインの歓喜』でロルを見捨てて立ち去って以来、いまもこうして愛人関係にあるのだ。

副領事とアンヌ＝マリ・ストレッテル

副領事が同じヨーロッパ人のこのレセプションで歓迎されなかったのは、当然のことである。ましてや、島には同行させてもらえない。彼はインドシナのフランス人社会の異端者だからである。副領事は前任地のラオスで、ハンセン病患者の群れに発砲するという事件を起こした。しかしそのことが、彼が島に行くことを禁じられた理由ではないだろう。デュラスは小説も映画もすべて、現世の善悪を無意味化したところで創作してきた。したがって、副領事が発砲事件を起こしたことや刑法など法的なことは、この物語と何の関係もない。とはいえ、発砲事件を起こした副領事が大使夫人アンヌ＝マリ・ストレッテルに「二人は同一人物なのですよ」と確信をもっていう場面は、なかなか理解に苦しむところである。文章でも映像でもいっさい説明をしないデュラスの表現のなかでも、ラホールの副領事が、アンヌ＝マリ・ストレッテルと自分は同じだと言い切るこのシーンで、アンヌ＝マリ・ストレッテルは次のように応じている。

「あなたが今言ったことはほんとうだと思います」「あなたというかたは、連中にとって忘れねばならない存在なのです(10)」

このやりとりのなかに、ふたりは「同じ」であって、しかも同時に「同じでない」ものがあることを読み取れるのではないか。ふたりともフランスの植民地に生きてきて、現地人の生活の悲惨さと自分たち統治者側社会の倦怠を知っている。副領事はこうした矛盾する現実に恐怖を覚え、ハンセン病患者に向けて発砲した。一方、アンヌ＝マリ・ストレッテルは「なにもしないで、こちら側にとどまりましょう」と夫の大使に助言するほど、すべてを受容しようとしている。

巨漢マイケル・ロンズデイルが演じた副領事はいつのまにか島に渡っていて、館の回廊をあちこち眺めながら奥へと向かう。その後ろ姿には、どこか巨体の子どもを思わせるものがある。発砲事件も、感受性豊かであるがゆえに、植民地に生きる恐怖から自分を解放するためのものだったのだろうか。

アンヌ＝マリ・ストレッテルを演じたデルフィーヌ・セイリグは、子ども時代をレバノンで過ごしたという。デュラスとの会話のなかで、次のように語っている。

私は〔フランスから〕遠くにいた、それでオヴァーラップのようなものがあったわけ。私はあなたの風景は知らないし、あなたの人物も見えなかったけど、自分のものは見えて、それがあなたのものにすっかり統合されていったの。私の場合は、レバノンで。あなたの場合は、インドシナ。私の子供時代とあなたの子供時代。（略）私はアンヌ＝マリ・ストレッテルは知っているけど、それはあなたのアンヌ＝マリ・ストレッテルではなく、私のもの。(11)

副領事を演じたロンズデイルは、デュラスの演出について、彼女に次のように告白している。

あなたはこう発言することができた最初のひとだったと思う、「心理を演じてはならない」、と。それは、とても驚かされる体験だった。(12)

支配者側の社交界で自分の立場を否定も肯定もせず、ゆったりと横たわる大使夫人を演じたセイリグ、そして咆哮を繰り返す副領事を演じたロンズデイルは、まさにはまり役だといえるだろう。作品中の人物をそれを演じた役者の個性に重ね合わせることは、映画の見方として邪道かもしれないが、映画『インディア・ソング』ではそんなことも許されるかもしれない。「映画人」として配役を決めるデュラスの目の確かさは、何人も疑いようのないところだ。そして、耳の確かさも。デュラス自身、ピアノを弾くのが好きだった。

カルロス・ダレッシオの音楽

舞踏会をまるごとひとつ生み出さなければならなかった。マルグリットは私に劇場版『インディア・ソング』の台本を手渡しました。私はその雰囲気を受けとめるため、それを繰り返し読みました。そうして私は、西洋文化にたいして周辺に位置する別の文化のなかで、私自身が経験した舞踏会のシーンのようなものを想像しました。私にとってカルカッタのあの舞踏会は、アルゼンチンで一九四〇年代に私が経験した舞踏会とよく似たものでした。パリ、ロンドン、ニューヨークといった中心にたいして、私たちは周辺にいました。(13)

カルロス・ダレッシオは、パリの片隅の、貸しピアノ一台があっただけだったとデュラスがいう「変な場所」で、デュラスとともに曲を練り上げていったときのことを、このように回想している。ルンバやワルツ、スロー・フォックス・トロットなど、カルロス・ダレッシオの音楽が映画『インディア・ソング』の物語の導きの糸であることは、誰も否定できないだろう。スクリーンでは、デュラス自身が厳選したベートーヴェンの曲の断片なども聴こえてくるが、カルロス・ダレッシオの音楽以外は印象にほとんど残らない。『インディア・ソング』は、オフの声とカルロス・ダレッシオの音楽を得て、二十世紀を代表する映像のひとつになったのである。

ソファと低いテーブル、その上には香の煙が揺れ、ばらの花が生けられている。ソファには、いまでは黒い部屋着姿になったアンヌ＝マリ・ストレッテルが、ほとんど放心しているかのようにひとりでじっとしている。彼女はやがて立ち上がると、壺のばらに顔を埋め、それから、まるで急に老け込んだような後ろ姿を見せて、奥へと消えていった。

注

まえがき

（1）『インディア・ソング』監督：マルグリット・デュラス、一九七四年
（2）『雨のしのび逢い』監督：ピーター・ブルック、一九六〇年
（3）『二十四時間の情事』監督：アラン・レネ、一九五九年
（4）ジェラール・ジャルロと共作。『かくも長き不在』監督：アンリ・コルピ、一九六一年
（5）マルグリット・デュラス『太平洋の防波堤』田中倫郎訳（集英社文庫）、集英社、一九七九年

第1章　デュラス素描

（1）J－P・サルトル『嘔吐』白井浩司訳、人文書院、一九九四年
（2）ロブ＝グリエ『新しい小説のために』平岡篤頼訳、新潮社、一九六七年
（3）マルグリット・デュラス『ラホールの副領事』三輪秀彦訳（現代の世界文学）、集英社、一九六七年
（4）青木保「千年王国論とラジカリズムの伝統」「特集　革命思想の新しい展開――現代急進

主義とユートピア（現代世界の思想状況３）」「中央公論」第八十四巻第一号、中央公論社、一九六九年

（5）マルグリット・デュラス「辻公園」『アンデスマ氏の午後・辻公園』三輪秀彦訳、白水社、一九八五年

（6）マルグリット・デュラス『モデラート・カンタービレ』田中倫郎訳（モダン・クラシックス）、河出書房新社、一九七〇年

（7）マルグリット・デュラス『破壊しに、と彼女は言う』田中倫郎訳（今日の海外小説）、河出書房新社、一九七〇年

（8）マルグリット・デュラス『愛』田中倫郎訳（今日の海外小説）、河出書房新社、一九七三年

（9）M・ブランショ「文学と死の権利」篠沢秀夫訳、白井健三郎編・解説『現代人の思想』第二巻所収、平凡社、一九六七年

（10）マルグリット・デュラス『ドダン夫人』（マルグリット・デュラス「ドダン夫人」『木立ちの中の日々』平岡篤頼訳、白水社、一九九〇年）

（11）マルグリット・デュラス／グザビエル・ゴーティエ『語る女たち』田中倫郎訳、河出書房新社、一九七五年

（12）マルグリット・デュラス「ボア」『フランス短篇24』（現代の世界文学）、集英社、一九七五年

第2章　『モデラート・カンタービレ』

(1) 前掲『モデラート・カンタービレ』五二ページ
(2) 同書六五ページ
(3) 同書七五ページ

第3章　『夏の夜の十時半』

(1) マルグリット・デュラス『夏の夜の十時半』田中倫郎訳（河出文庫）、河出書房新社、一九九二年、一三ページ
(2) 同書一六一ページ
(3) 同書四九ページ

第4章　『ロル・V・シュタインの歓喜』

(1) 上野千鶴子「インテリアブームの裏側――「見せる」から「見られる私」へ　管理社会化の完成の兆し?」「朝日新聞」一九八二年六月十四日付夕刊
(2) マルグリット・デュラス『ロル・V・シュタインの歓喜』平岡篤頼訳、河出書房新社、一九九七年、一〇七ページ
(3) 同書一一六ページ

（4）同書一七一ページ

第5章　『破壊しに、と彼女は言う』その1

（1）「Cahiers du Cinéma」一九六九年十一月号
（2）竹内芳郎編『現代革命の思想7　文化と革命』筑摩書房、一九七四年
（3）「今、ここで、の革命」「テル・ケル」一九六八年夏号、同書所収、五〇三―五〇四ページ
（4）同書八二―八三ページ
（5）同書八三ページ
（6）同書四七六ページ
（7）同書七七ページ
（8）同書七八ページ
（9）同書七八ページ
（10）同書五〇〇ページ
（11）同書四九〇―四九一ページ
（12）同書四九二ページ
（13）同書四八六ページ
（14）同書四九六ページ
（15）同書四九六ページ

(16) 同書四九六—四九七ページ
(17)「リュミエール」第九号、筑摩書房、一九八七年、一五ページ
(18) 前掲『現代革命の思想7　文化と革命』八一ページ
(19) 同書四九六ページ
(20) 同書四八七ページ
(21) 前掲「Cahiers du Cinéma」一九六九年十一月号
(22) 同誌

第6章　『破壊しに、と彼女は言う』その2

(1) 前掲『破壊しに、と彼女は言う』三ページ
(2)『太平洋の防波堤』一九五〇年（『海の壁』監督：ルネ・クレマン、一九五八年）
(3)『ジブラルタルの水夫』監督：トニー・リチャードソン、一九六七年
(4)『夏の夜の十時半』監督：ジュールズ・ダッシン、一九六六年、日本公開：一九六七年
(5)『ラ・ミュジカ』一九六六年
(6) 前掲『語る女たち』一一ページ

第7章　『破壊しに、と彼女は言う』その3

(1) 前掲『破壊しに、と彼女は言う』七五ページ

（2）同書一三五ページ
（3）同書一〇一―一〇二ページ
（4）同書一〇四―一〇五ページ
（5）同書一五六ページ
（6）同書一五〇ページ
（7）同書一五九ページ
（8）同書一七二ページ

第8章 『太平洋の防波堤』

（1）マルグリット・デュラス『戦争ノート』田中倫郎訳、河出書房新社、二〇〇八年
（2）マルグリット・デュラス『あつかましき人々』田中倫郎訳、河出書房新社、一九九五年
（3）マルグリット・デュラス「エデン・シネマ」一九七七年
（4）マルグリット・デュラス『愛人』清水徹訳、河出書房新社、一九八五年
（5）マルグリット・デュラス『北の愛人』清水徹訳、河出書房新社、一九九二年
（6）Albert Sarraut, Ancienn Gouverneur, Général de l'Indochine, Libarairie de Paris, Firmin-Didot et Cie, 1930.
（7）前掲『太平洋の防波堤』二七ページ
（8）同書二六六―二七四ページ

(9) 同書二九七ページ
(10) マルグリット・デュラス「インドシナにおける子供時代と青春時代」、前掲『戦争ノート』七二—七三ページ
(11) 同書九一ページ
(12) 前掲『太平洋の防波堤』六三ページ
(13) 同書六三—六四ページ

第9章　映画『インディア・ソング』

(1) 『ガンジスの女』監督：マルグリット・デュラス、一九七三年
(2) 『荒涼たるカルカッタでヴェネチア時代の彼女の名前を』監督：マルグリット・デュラス、一九七六年
(3) マルグリット・デュラス『ガンジスの女』亀井薫訳、書肆山田、二〇〇七年、一四四—一四五ページ
(4) マルグリット・デュラス『インディア・ソング』白水社、一九七六年、一六ページ
(5) マルグリット・デュラス／ドミニク・ノゲーズ『デュラス、映画を語る』岡村民夫訳、みすず書房、二〇〇三年、五〇ページ
(6) ロラン・バルト『明るい部屋——写真についての覚書』花輪光訳、みすず書房、一九八五年

(7) 前掲『インディア・ソング』五四ページ
(8) 同書一一二ページ
(9) 同書一一六ページ
(10) 同書一一二―一一三ページ
(11) 前掲『デュラス、映画を語る』七四ページ
(12) 同書七七ページ
(13) 同書八二ページ

あとがき

三十年以上も前に書いたものに表現面ではかなり手を入れたものの、内容には変化も深化もほとんどないと思う。昔も今も、いわゆる研究書的なものを参照することはほとんどない。とはいえ、「参考文献」という枠をはるかに超えて、それ自体が「作品」といってもいい何冊かの書物には出合った。

①グザヴィエール・ゴーティエ／デュラス『語る女たち』

②クリスティアーヌ・ブロ＝ラバレール『マルグリット・デュラス[1]』

この本には、教えられ、かつ共感することが多かった。デュラスにまつわるあらゆる記録を、おそらくすべてといっていいほど渉猟し、これを著した著者の偉業には感謝する。作品の外でのデュラスの発言を知るうえで、彼女のこの本の、とりわけ参考文献部分ほど、デュラスをより深く広く知りたい読者にありがたいものはない。

③ミシェル・ポルトとの対談、写真満載の対談集『マルグリット・デュラスの世界』[2]

④マルグリット・デュラス／ドミニク・ノゲーズ『デュラス、映画を語る』

⑤田中倫郎氏訳の全部と解説。

デュラスの対談の仕方には彼女独特のものがある。解説的な面も打ち明け話的な面もあるにはあるが、対話者と手と手をたずさえ、自作の世界を探索し、彷徨し、あるいは逍遥する言葉の道行きは感動的である。

デュラスの作品の多くは田中倫郎氏によって日本語に訳されている。氏の翻訳に助けられて読んできたのはもちろんのこと、それぞれの翻訳本に付された氏の「解説」には貴重な情報が数多く盛り込まれていて、参考になった。

デュラスを知るには、それこそこれらだけで十分といえるのに、さらに多くの本が書かれている。その末端に、なぜまたこうしてつたない言葉を公表したくなったのだろうか。

デュラスの作品に出合ったとき、衝撃を受けた。これは何なのだろう。それまで読んできた作家たちのものとは明らかに違う何かがあった。以後、デュラスという森に強く引かれて足を踏み入れてみたものの、その森はあまりにも鬱蒼としていて、右も左もわからずに歩いて今日もまださまよっている。したがって、ここに集めたのは「研究」などというものではなく、彷徨の足跡である。右に挙げた三人の女性とひとりの男性（ドミニク・ノゲーズ）にしても、研究者である以前に、デュラスの世界にさまよい込んだひとたちにちがいない。

本書で一本にまとめたものは、『太平洋の防波堤』と映画『インディア・ソング』は別として、いまから三十年も前に勤務校だった三重短期大学での所属学科の「月報」[3]に発表したものである。「月報」作成を提案し発行の中心人物となったのが、書くことにも書かせることにも情熱をもつ当時の同僚・鷲田小彌太氏だった。その結果、十八人の教員のうち、少なくともひと月に三、四人が自分の研究あるいはその周辺課題について書かなければならなくなった。そういう圧力のもとで、たまたま関心をもって読み始めていたのがマルグリット・デュラスだったのであり、そこで書いたのがこれらの感想文である。

いまごろになって一冊にまとめることになったため、少なからず加筆訂正をした。かつて近視眼的にやみくもに書いたものが、いまとなっては、本人にも意味不明なところがなきにしもあらずだったからである。この作業をするなかで、デュラスという存在の「必死さ」にあらためて思い至り、彼女の作品に覚える悲しみ・歓びはいっそう深まったような気がしている。

本書のカバー装画は、スタシス・エイドリゲヴィチウスのグアッシュである。これを目にしたとたん、まさしく『ラホールの副領事』の女乞食だと思った。題名がついているのかどうかも知らない。この原画は、札幌のかつてのNDA画廊で買い求めたものだが、それがいつだったのかも定かでない。手元の『スタシス絵本原画』[4]のカタログを見ても載っていない。スタシスはNDA画廊で、一九七八年、八七年、九一年に個展を開いている。毎夏毎冬を故郷北海道で過ごしてきて、スタシス本人と彼の作品に出合ったのは八七年の冬だったと思う。このリトアニア人の作品を日本で初めて紹介したのが、NDA画廊だった。スタシスはそれ以前から国内外で評価され始めていたようだが、八七年以降、国際絵本原画展でいくつものグランプリを受賞している。

冬の札幌で出会ったスタシスは、物静かなひとだった。私はソヴィエトに押さえ込まれていたバルト三国の存在にも無知なまま、ただ作品に魅入られたのである。彼はその後、ポーランドの永住権を得たと聞いている。

青弓社の矢野恵二さんには三十数年前、青弓社発行の『クリティーク』に二、三編エッセーを書いた縁で本書を出版していただくことになった。心からお礼を申し上げる。

注

（1）クリスティアーヌ・ブロ＝ラバレール編『マルグリット・デュラス』谷口正子訳、国文社、一九九六年

（2）マルグリット・デュラス／ミシェル・ポルト『マルグリット・デュラスの世界』舛田かおり訳、青土社、一九八五年

（3）「月報三重法経セミナー」三重短期大学法経学会、一九七九―八四年

（4）スタシス画、長谷川洋行編『スタシス絵本原画――155 illustrations 1978-1990』森ヒロ子・スタシス美術館、二〇〇二年

[著者略歴]
内村瑠美子（うちむら るみこ）
1941年、北海道生まれ
立教大学大学院修了
三重短期大学、大阪産業大学などで教員を歴任
著書に『内村瑠美子のフランス語談話室』（三修社）、共著に『フランス語でサバイバル！』（白水社）、共訳書にアラン・コルバン『娼婦』（藤原書店）、ナタリー・エニック『物語のなかの女たち』（青山社）、ファビアン・S・ジェラール『パゾリーニ』（青弓社）ほか

デュラスを読《よ》み直《なお》す

発行………2014年10月31日　第1刷
定価………2000円＋税
著者………内村瑠美子
発行者……矢野恵二
発行所……株式会社青弓社
〒101-0061 東京都千代田区三崎町3-3-4
電話 03-3265-8548(代)
http://www.seikyusha.co.jp
印刷所……三松堂
製本所……三松堂

ISBN978-4-7872-9224-7 C0095